MW01639935

LABYRINTHES

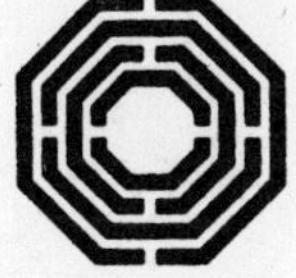

Férue d'histoire et de littérature, Anne-Laure Morata publie, avec *Meurtres à Versailles*, la suite des aventures du clan des Rohan Montauban, rencontré dans *L'Héritier des pagans* et *Le Jeu de dupes*.

DU MÊME AUTEUR

L'Héritier des pagans, Éditions du Masque, 2009.

Le Jeu de dupes, Éditions du Masque, 2010.

Anne-Laure Morata

MEURTRES
À VERSAILLES

Éditions du Masque
17, rue Jacob 75006 Paris

ISBN : 978-2-7024-3627-1

www.lemasque.com

PRINCIPAUX PERSONNAGES HISTORIQUES

Henriette-Anne Stuart, dite Henriette d'Angleterre, surnommée Minette par ses proches, fille du roi d'Angleterre Charles Ier et d'Henriette-Marie de France, duchesse d'Orléans de par son mariage avec Philippe de France, dite Madame.

Henriette-Marie de France, reine d'Angleterre, fille du roi Henri IV et de Marie de Médicis, veuve de Charles Ier.

Lord Jermyn, comte de Saint Albans, chambellan et amant supposé de la reine Henriette-Marie.

Charles II, roi d'Angleterre, d'Écosse et d'Irlande, fils de Charles Ier et d'Henriette-Marie de France, frère aîné d'Henriette-Anne.

Louis XIV, dit le Roi-Soleil, roi de France de la dynastie des Bourbons.

Marie-Thérèse d'Autriche, reine de France, première épouse de Louis XIV, fille du roi d'Espagne Philippe IV.

Françoise Louise de La Baume Le Blanc, duchesse de La Vallière, favorite de Louis XIV dès 1661, supplantée en 1667 par la marquise de Montespan.

Françoise Athénaïs de Rochechouart, marquise de Montespan, favorite royale de 1667 à 1679.

Jean-Baptiste Colbert, homme de confiance de Mazarin devenu secrétaire d'État à la Maison du roi et à la Marine de Louis XIV.

François Michel Le Tellier, seigneur de Chaville, marquis de Louvois, ministre associé à l'œuvre de son père puis secrétaire d'État à la guerre.

Philippe, duc d'Orléans, dit Monsieur, frère du roi, époux d'Henriette-Anne d'Angleterre.

Philippe de Lorraine-Armagnac, dit le Chevalier de Lorraine, favori du duc d'Orléans.

Gabriel Nicolas de La Reynie, premier lieutenant général de police de 1667 à 1697.

Jean-Baptiste Pocquelin, dit Molière, auteur, acteur et directeur de troupe protégé du roi.

Jean Talon, premier intendant de la Nouvelle-France.

Soliman Aga Mustapha Raca, émissaire de Mehmed IV sultan de l'Empire ottoman.

Marie-Madeleine Pioche de La Vergne, comtesse de La Fayette, femme de lettres française auteur de *la Princesse de Clèves* et de *l'Histoire de Madame Henriette d'Angleterre*, première femme de Philippe de France, duc d'Orléans.

Prologue

Paris, palais du Louvre, fin février 1649

La fillette observait avec effroi les gonds de la porte vibrer de plus en plus fort sous les coups de butoir qu'on assenait de l'autre côté. Elle aurait voulu se réfugier dans les bras de sa mère et tenta d'avancer dans sa direction mais cette dernière s'écarta sans même lui accorder un regard. L'enfant recula, subjuguée par le calme d'Henriette-Marie de France [1] qui, impassible, contemplait les battants de bois céder peu à peu et finalement voler en éclats pour laisser le passage à son grand écuyer.

— Je vous avais avertie, madame… vous ne pouvez m'interdire plus longtemps… l'accès à vos appartements, l'invectiva Lord Jermyn en articulant avec peine, content de lui comme seul peut l'être l'ivrogne après avoir bu jusqu'à plus soif.

Le comte de Saint Albans, à l'instar de beaucoup d'alcooliques, était charmant à jeun, néanmoins dès qu'il s'adonnait aux excès de boisson la part sombre

1. Fille de Marie de Médicis et de Henri IV.

de sa personnalité émergeait et il se transformait en individu violent dénué de limites.

— Monsieur je vous somme de respecter ma peine !

— Vos enfantillages ont assez duré, dit l'homme en s'approchant d'un pas mal assuré. J'ai déjà supporté votre retraite chez les carmélites, cela suffit ! Vous me devez un peu plus de considération… et je ne tolérerai pas que vous me repoussiez une nouvelle fois.

— De quel droit osez-vous perturber le deuil cruel qui me frappe et mon besoin de recueillement, s'exclama la veuve du roi Charles Ier d'Angleterre, révulsée par le comportement de son chambellan.

Les deux amants se toisaient, les yeux remplis de colère, devant l'enfant effrayée. Celle-ci aurait voulu aller chercher du secours, mais il n'y avait plus personne dans cette aile du Louvre où on les avait abandonnées, réduites à l'indigence. La cour avait fui la capitale pour se réfugier à Saint-Germain et la reine, Anne d'Autriche, confrontée aux soubresauts de la Fronde, avait bien d'autres choses en tête que de se soucier du confort de sa belle-sœur et de sa nièce. Quelques semaines auparavant elles pouvaient encore employer des domestiques ; malheureusement leurs finances ne les y autorisaient plus et elles avaient dû se défaire de leurs bijoux et de leur vaisselle. Elles se retrouvaient désormais isolées, n'ayant plus de quoi se chauffer, et les subsides promis par le coadjuteur venu leur rendre visite en janvier, outré du dénuement où ces membres de la famille royale d'Angleterre se voyaient plongés, tardaient à venir.

Seul Lord Jermyn, du moins lorsqu'il n'était pas en proie aux démons de l'alcool, semblait réellement se préoccuper de leur sort en fidèle serviteur des Stuarts.

— Vous savez que je partage votre douleur Madame… Accordez-moi le droit de vous consoler, implora-t-il en étreignant sa maîtresse qui le repoussait.

L'ivrogne traîna alors sa compagne sans ménagements sur sa couche. Il lui maintint les poignets et l'allongea de force en l'écrasant de tout son poids avant de relever ses jupons un à un. Ses ânonnements rauques suppliant sa victime de ne pas se refuser à lui épouvantèrent la fillette, qui sortit précipitamment et se mit à courir à perdre haleine à travers les pièces vides et sombres du gigantesque palais.

Arrivée à l'extrémité du corridor supérieur, épuisée par sa folle cavalcade, elle jeta un œil au dehors. On était en fin d'après-midi, la nuit tombait sur Paris, et elle vit au loin les feux allumés par les Frondeurs. Subitement elle s'imagina qu'ils regardaient dans sa direction. Depuis qu'on lui avait annoncé la mort de son père, le roi Charles d'Angleterre, décapité à l'instigation de Cromwell pour permettre l'avènement de la république, l'enfant, qui allait sur ses cinq ans, craignait plus que tout la populace, persuadée qu'on projetait de lui trancher la tête à son tour.

Elle repartit aussitôt vers la galerie du bord de l'eau décorée par Poussin où elle aimait venir admirer le spectacle des pérégrinations des embarcations sur la Seine. Ce plaisir anodin avait été supprimé à cause du blocus mené par le prince de

Condé pour empêcher le ravitaillement par bateau des Frondeurs. Elle finit par arriver dans des logements poussiéreux dépourvus de meubles où une partie du plancher avait été arrachée, destinée à servir de bois de chauffe.

Inconsciente du danger, la petite Henriette-Anne s'avança dans la pénombre, chuta sans comprendre ce qui lui arrivait et s'affala sur une grosse poutre maîtresse en contrebas. Les pans de sa traîne, coincés dans une solive, l'empêchaient de se redresser.

Elle n'avait heureusement qu'un coude écorché et se mit à le lécher, tout en pleurant, à la façon d'un chaton. La douleur réveilla son chagrin, elle repensa à ce père mythique disparu à jamais et avec lui l'espoir de connaître l'Angleterre ainsi que les fastes d'une vie de princesse maintes fois rêvés. En larmes, Henriette-Anne appela Lady Morton, sa gouvernante, celle qui s'était toujours occupée d'elle avec amour lorsque sa mère la lui avait confiée âgée d'à peine un mois avant de partir se réfugier en France, sa tête étant mise à prix et son état de santé préoccupant. Avec cette admirable nourrice aidée de ses serviteurs elle n'avait jamais éprouvé de peur, pas même pendant leur fuite pour échapper à la résidence surveillée au palais londonien de Saint-James ordonnée par le Parlement anglais et à laquelle Lady Morton avait refusé de se soumettre. La jeune femme avait préféré se déguiser avec ses gens en paysans et conduire l'enfant en sûreté outre-Manche, travestissant la bambine mécontente en garçon dépenaillé, prenant un soin extrême à la rassurer durant leur longue errance pour rallier la cour de France. En vérité seul Charles, son aîné de quatorze ans, héritier d'un trône dorénavant hypothétique, l'avait accueillie avec tendresse, frère adoré, obligé de la quitter l'été dernier sous la pression de Mazarin et de se réfugier aux Pays-Bas, résolu à organiser son débarquement en Écosse où il conservait des partisans.

Henriette-Anne passait de longues heures à contempler le médaillon contenant son portrait miniature qu'il lui avait offert à son départ, promettant de revenir la chercher dès qu'il aurait reconquis son royaume et de l'emmener dans leur palais avec ses frères et sœurs.

D'habitude cela l'apaisait mais plus depuis l'effroyable nouvelle divulguant l'exécution de Charles Ier apprise quelques jours auparavant, bouleversement détériorant une situation déjà précaire. Elle aurait tout donné en échange de la douceur des bras de sa nurse, réconfort souvent interdit à présent car la reine lui avait demandé de garder ses distances. Livrée à Henriette-Marie de France, souveraine déchue, peu maternelle, engluée dans son propre chagrin et en butte aux sautes d'humeur de son amant terrible, la fillette était abandonnée à sa peine. La plupart des membres de leur entourage anglais avaient en effet préféré fuir les désordres parisiens et les plus fidèles, comme Lady Morton, se voyaient tenus éloignés par sa mère. Prostrée après l'annonce du décès de son époux, la reine exigeait de rester coupée du monde, obnubilée par les messes et la prière. Elle obligeait sa fille à rester de longues heures agenouillée en recommandant son âme à Dieu dans le but d'en faire une bonne catholique contrairement à ses autres enfants, anglicans comme leur père.

Pour la première fois de sa courte vie, l'enfant d'un naturel enjoué sentit le désespoir la gagner et, bientôt, on n'entendit plus que l'écho de ses sanglots se répercuter le long des couloirs désertés où nul ne songerait à la chercher. Repliée sur elle-même dans l'obscurité, la petite perdit la notion du temps et ne prêta aucune attention aux pas signalant l'arrivée de son sauveur.

— Il y a quelqu'un ?

Un garçon, âgé d'une dizaine d'années, avançait vaillamment mais avec précaution en direction de l'endroit reculé d'où provenaient les faibles pleurs perçus alors qu'il jouait, armé d'une épée de bois, à repousser les fantômes du Louvre, content d'avoir échappé à la surveillance de son père. S'approchant du trou d'où sortaient les plaintes, il acquit la certitude qu'un être de chair et de sang avait besoin de lui. Se penchant, il aperçut la fillette.

— Ça va ? Rien de cassé ?

— J'ai mal au coude, je saigne, soupira Henriette-Anne qui se reprit et déclara avec solennité : je suis la princesse, pourriez-vous me raccompagner chez moi ?

— Une princesse en détresse, reprit le garçon en riant. Ne bougez pas, Votre Altesse, je vais vous tirer de ce mauvais pas.

Il commença par dégager l'étoffe de soie de sa robe puis aida la petite demoiselle à se mettre debout avec délicatesse, en évitant qu'elle ne se blesse sur les planches aux contours irréguliers, avant de la soulever par la taille pour la déposer un peu plus loin et examiner sa blessure.

— Monsieur, ma nourrice s'en chargera, je vous remercie, dit Henriette-Anne d'un ton sans réplique en se redressant de toute sa stature de frêle poupée.

Le garçon aurait pu sourire, toutefois il s'en garda bien. Amusé par le port altier de la gamine, il joua le jeu et mit un genou à terre en s'écriant :

— Commandez, Majesté, j'obéirai.

Ravie de sa réaction, la coquine battit des mains.

— Vous serez mon chevalier, mon chevalier secret, dit Henriette-Anne toute excitée. Comment vous appelez-vous ?

— Las ! princesse, je ne peux vous révéler mon identité, je suis ici incognito... Mais si vous le souhaitez vous pouvez m'appeler... Providence.

Enchantée par tant de mystère, la fillette opina du chef et murmura d'un air complice :

— Mes amis me surnomment Minette, je vous autorise à les imiter puisque vous m'avez sauvée.

— J'en serai honoré.

Providence la salua de nouveau, mi-moqueur mi-admiratif devant ce minuscule bout de femme déjà impressionnante par sa distinction naturelle, sa gravité étonnante chez une enfant aussi jeune et la vivacité de son regard brillant sous une cascade de boucles brunes qu'on avait tenté de discipliner à l'aide de rubans satinés.

Henriette-Anne lui tendit sa menotte et il l'aida à se diriger dans les dédales froids du palais jusqu'à l'aile renfermant les appartements de sa mère où le calme était revenu. Plusieurs personnes y conversaient en anglais, signe que la reine avait accepté la visite de ses proches. Le garçon s'arrêta net.

— Je dois m'en aller, je serais sévèrement puni si mon père apprenait que j'ai désobéi à ses consignes. Nos chemins se séparent ici princesse.

Henriette-Anne se colla alors à lui comme un animal craintif, révélant sa fragilité de petite fille qu'elle était toujours malgré sa précocité.

— Je ne veux pas y aller, gémit-elle.

Elle le serra de toute la force de ses minuscules bras potelés, heureuse de ressentir l'exquise sensation de quiétude identique à celle éprouvée lorsqu'elle se blottissait contre le torse de son frère aîné, avec cette impression magique qu'elle n'avait plus rien à craindre.

— Papa est mort, Charles est parti et j'ai peur, j'ai toujours peur…

Touché par sa détresse, et en dépit des coups qu'il recevrait si on s'apercevait de son escapade, le garçon prit le temps de la réconforter. Il connaissait mieux que quiconque cette angoisse qui vous vrille l'âme quand on est livré à soi-même, privé de tendresse, redoutant ce que l'on va vous faire subir. Les marques du fouet qui striaient son dos ne lui permettaient pas de l'oublier.

— Séchez vos larmes Minette. Vous me trouverez certains soirs devant les portes de la galerie où vous êtes tombée. Attendez-moi là-bas mais surtout ne vous y aventurez pas seule, vous pourriez avoir moins de chance une prochaine fois. Si je parviens à échapper à la surveillance de mon père, je vous y rejoindrai.

La demoiselle semblait indécise.

— Et je vous amènerai mon chien Noisette, ajouta-t-il pour la convaincre.

Henriette-Anne s'apaisa enfin consolée.

— Vous me le promettez ?

— Croix de bois, croix de fer… Allez vite faire soigner votre coude.

Elle s'éloigna à regret, à pas menus, et resta un long moment à lui faire signe de la main avant de disparaître. Le garçon entendit derrière la porte les exclamations étouffées de ceux qui l'accueillirent et, à leurs intonations, comprit qu'on se désolait de ce qui était arrivé à la princesse. Rassuré, il se dépêcha de regagner le rez-de-chaussée, espérant qu'on n'ait pas remarqué son absence.

Les jours suivants, dès qu'il le pouvait et malgré le risque d'être sévèrement corrigé si on l'interceptait, il retournait au lieu de leur première rencontre. Minette l'imitait, profitant des visites avinées de Lord Jermyn, et ils passèrent ainsi de délicieuses heures volées à se raconter leurs secrets. Henriette-Anne adorait le côté mystérieux de « Providence », son chevalier servant dont elle ne sut jamais le véritable nom. Il lui apprit la légende du roi Arthur, à faire exécuter des tours au facétieux Noisette ainsi que l'art de manier les osselets.

Un soir elle les aperçut posés en évidence sur une planche et devina qu'il ne viendrait plus. Pendant les longues années qui suivirent, elle conserva toujours une place au fond de son cœur à son visiteur du soir et se persuada, au fil du temps, que Providence était en réalité son ange gardien. Bien des fois, agenouillée durant la messe célébrée au couvent de la rue Saint-Antoine, puis dans celui fondé par sa mère pour les sœurs visitandines, elle sollicita avec ferveur la grâce de le revoir.

Comment l'infortunée aurait-elle pu se douter qu'un sort cruel transformerait le jeune garçon en tueur implacable, semant la mort dans son sillage, maculant du sang de ses victimes les marbres du futur château de Versailles ?

1

Versailles, 18 juillet 1668

La foule des jours de liesse affluait dans les jardins du château, pressée d'assister au grand divertissement royal. Les plus chanceux avaient leur place réservée sur les sièges de l'amphithéâtre monté pour l'occasion, les autres devaient se contenter de s'installer sur le parterre, chacun essayant de se frayer un chemin vers ses amis, les plus gourmands prenant stratégiquement position non loin des buffets. Tous attendaient avec impatience la représentation de *Georges Dandin*, la nouvelle création de Molière, admirant la scène : une remarquable reconstitution d'un jardin féerique aux multiples jeux d'eaux encadré des statues de la Paix et de la Victoire. Ces dernières symbolisaient le triomphe du roi dans la guerre de Dévolution contre l'Espagne ayant abouti, au mois de mai, à la signature du traité d'Aix-la-Chapelle qui entérinait la prise des douze villes conquises sur la frontière nord.

Cette fête grandiose, destinée à faire connaître la nouvelle demeure du roi encore en chantier, devait sa réussite à ses plus fidèles serviteurs qui avaient conjugué leurs efforts afin qu'elle soit inoubliable, comme le voulait Sa Majesté. Les agapes avaient débuté dans la grotte de Thétis d'où les visiteurs, arrosés par les jets facétieux des fontaines, étaient partis admirer le bassin du Dragon. Une gigantesque collation les attendait ensuite au bosquet de l'Étoile où les tréteaux dressés proposaient une multitude de compositions grandioses. Monticules de charcuterie et viande froide, palais en pâtes de fruits ou massepains à l'architecture audacieuse, arbres miniatures offrant à profusion poires, groseilles, oranges, abricots frais ou confits : il y en avait pour tous les goûts.

Le Roi-Soleil ouvrait la marche. Il grappilla un mets par-ci par-là, et permit ensuite à ses courtisans de l'imiter. Il les observa un instant s'empresser de détruire les éphémères constructions, puis s'éclipsa afin de rejoindre la reine, plongée dans l'admiration du bassin des cygnes que Louis envisageait d'agrémenter d'une statue en plomb doré le campant en Apollon sur son char.

Ne laissant que des miettes après leur passage, plus de trois mille convives, dont d'importants ambassadeurs de grandes puissances voisines, guettaient le couple royal au milieu du théâtre de verdure créé pour la représentation de la pièce de Molière. Celle-ci serait suivie des *Fêtes de l'amour et de Bacchus*, un opéra-ballet composé par Lulli.

La calèche du souverain fut enfin en vue, elle précédait la chaise à porteur de Son Altesse Marie-Thérèse d'Autriche, fille du roi d'Espagne, enceinte de leur cinquième enfant. Pourtant ce n'était pas elle la reine de la cérémonie mais bien la marquise de Montespan : la nouvelle favorite, reléguant l'ancienne,

Louise de La Vallière, au rang de paravent des amours royales illégitimes. Nul n'ignorait l'ascendant de la somptueuse Athénaïs, esprit brillant aux charmes ravageurs, sur le roi et tous savaient que le divertissement était l'hommage d'un amoureux à sa belle. Les courtisans étaient admiratifs et ne pouvaient s'empêcher d'établir la comparaison avec les plaisirs de l'île enchantée, donnés quatre années auparavant, en l'honneur de la maîtresse disgraciée. La fête du moment était incontestablement plus impressionnante et le monarque avait évité l'écueil de la précédente, interminable, étalée sur plusieurs jours, où l'absence de couchage avait mécontenté la plupart des invités. L'immense majorité avait en effet regagné à l'époque Fontainebleau avec un soulagement non dissimulé.

Cette fois-ci, Louis avait remporté son pari. Assis dans son carrosse d'apparat, il ordonna que l'attelage ralentisse, satisfait de les savoir tous dans l'expectative. Le succès de ce dix-huit juillet l'encourageait à persévérer dans sa volonté de transformer l'ancien pavillon de chasse en un palais extraordinaire, le plus grand d'Europe. Il était en passe d'effacer la réprobation initiale de ses contemporains envers son engouement versaillais. Beaucoup n'y voyaient au départ qu'un sinistre marécage nécessitant des aménagements dispendieux. Malgré leur réticence, Louis XIV avait décidé d'ériger les lieux en symbole de son pouvoir et il était proche de réaliser ce tour de force.

Bien sûr, le chantier était encore loin d'être achevé et l'on y venait exclusivement pour d'inoubliables festivités ou de courts séjours. Cependant, le suzerain avait la ferme intention d'en faire, à terme, sa demeure principale. Cette décision de construire un édifice à sa gloire, Louis l'avait prise ce fameux soir du dix-sept août 1661, date de son humiliation, face à la magnificence de la réception donnée par son surintendant des Finances, Nicolas Fouquet, dans son tout nouveau château de Vaux-le-Vicomte. Le roi, déjà profondément agacé par l'enrichissement personnel de son ministre, acquis grâce à sa fonction, avait éprouvé une rage sans bornes de le voir éblouir ses sujets, à sa place, en étalant une insolente opulence, fruit d'opérations financières douteuses. Seule la crainte d'un esclandre éprouvée par Anne d'Autriche l'avait empêché d'organiser le soir même l'arrestation de l'impudent personnage. Louis avait donc patienté trois semaines avant de le faire emprisonner, à la grande satisfaction de Colbert qui avait tout mis en œuvre de manière à provoquer cette disgrâce et à s'approprier un poste convoité. Le souverain, s'acharnant sur le condamné, l'avait fait enfermer à vie à la forteresse de Pignerol et s'était empressé d'engager les artistes à l'origine de la création du château de son ancien intendant : l'architecte Le Vau, le peintre Lebrun, le créateur des jardins Le Nôtre... Depuis lors, rien ne passionnait plus le roi que la construction de son palais : il agrandit le simple relais de chasse de son père, côté jardin, en l'entourant de nouveaux bâtiments pour créer deux ailes disposées de part et d'autre d'une gigantesque terrasse. Louis investissait des sommes colossales dans ce qui devenait le plus grand chantier d'Europe au grand dam de Colbert, opposé à cette entreprise qu'il jugeait aberrante puisque le château de Saint-Germain ne se situait qu'à trois lieues. Qui plus est, ces dépenses somptuaires se faisaient au détriment de l'entretien du Louvre.

Les courtisans, fébriles, guettaient l'arrivée de leur maître. Comme ils ne pouvaient médire sur la réussite incontestable de la soirée et que nul n'osait prononcer un mot contre l'arrogante marquise de Montespan, tous se délectaient des derniers scandales et plus particulièrement de deux incidents survenus quelques jours auparavant. Une matrone, ayant perdu son fils tombé d'un échafaudage, avait voulu faire entendre sa douleur aux magistrats du parlement où l'on s'était moqué d'elle. Rendue folle de colère, elle interpella puis insulta le roi présent à la chambre. Louis ordonna qu'on la fouette sévèrement, ce qu'elle endura sans une plainte. La cour trouvait la peine trop sévère à l'encontre de l'infortunée créature qu'on aurait mieux fait d'emmener aux Petites-Maisons. L'hôpital de la rue de Sèvres où l'on enfermait les déments semblait tout indiqué pour répondre à l'aberration de son comportement. L'inclémence royale, dans ce cas bien inutile, indignait la plupart des membres de l'assemblée. Cela d'autant plus qu'elle s'était peu après de nouveau abattue avec dureté sur un vieillard aux propos similaires auquel on avait coupé la langue avant de l'expédier aux galères. La plupart désapprouvaient Sa Majesté, à l'exception notable de la marquise de Manicamp. Elle attira l'attention en arguant haut et fort qu'on devait être d'une extrême rigueur avec les ouvriers du chantier royal, cette masse indisciplinée dont il fallait épier les moindres faits et gestes si on voulait obtenir un travail de qualité. Elle insistait sur cette surveillance obligatoire, indignée d'avoir aperçu une femme du peuple, probablement issue des baraquements des familles de journaliers, surgir dans les jardins de promenade, la veille, pour se jeter à ses pieds jusqu'à ce que deux gardes ne s'en saisissent sur son ordre et ne l'entraînent de manière brutale.

— Vous rendez-vous compte de l'outrecuidance de cette insensée ! ne cessait-elle de répéter. Son Altesse a raison de se montrer intransigeant envers ces gens-là !

— Mais que voulait-elle ? s'enquit une curieuse.

— Comment pourrais-je le savoir, elle hurlait de façon démente, au sujet de ses enfants je crois… Elle menait un tapage de tous les diables après avoir osé franchir les limites interdites aux individus de sa condition. J'espère qu'on l'a rossée, elle le méritait. Ah ! je vous le dis, Sa Majesté doit se montrer inflexible avec une telle engeance !

Un gentilhomme, agacé par sa péroraison, intervint d'un ton sec :

— Vous ne serez plus importunée par cette malheureuse, marquise, car en tentant d'échapper aux gardes la pauvre femme a chuté dans le canal où elle s'est noyée.

Le groupe s'émut du sort de la défunte contrairement à la marquise, rassérénée par cette punition divine, ce qui ne surprit personne, sa sécheresse de cœur et sa cruauté envers sa domesticité étant légendaires. On allait continuer sur d'autres thèmes plus réjouissants lorsque le brouhaha des conversations baissa notablement. Madame, épouse de Monsieur frère du roi, venait de faire son apparition, ce qui était un événement en soi, Henriette-Anne étant une femme sachant admirablement se mettre en valeur et soigner son entrée. Ce soir, comme d'habitude, son élégance ravit : sanglée dans un corsage de satin magnifiquement ouvragé rehaussant sa poitrine menue elle avançait, étincelante dans son écrin de brocarts d'or et de passementeries, suivie de deux pages portant avec application le manteau à queue ouvert lui servant de traîne. Sa minceur lui conférait un aspect de fragilité exquis, vite démenti par l'assurance de ses grands yeux noirs que rien ne faisait baisser. À vingt-quatre ans, Minette n'était plus cette petite fille négligée par la cour, promise à un avenir incertain où seul le couvent se profilait à l'horizon. Depuis l'accession au trône de Charles II, son aîné adoré, Henriette-Anne s'était retrouvée propulsée, à seize ans à peine, au-devant de la scène et c'était Louis XIV, de son propre chef, qui avait choisi de lui faire épouser Philippe d'Orléans, son frère. Un roi fort surpris de découvrir une jeune fille diablement séduisante alors qu'il ne se souvenait que d'une gamine maigrichonne, allant jusqu'à railler son puîné en lui annonçant ses futures épousailles avec « les os des Saint-Innocents ». Henriette-Anne s'était vengée du peu de cas qu'on avait fait d'elle autrefois, en séduisant Louis, et en s'imposant ensuite comme la véritable reine de toutes les fêtes données à la cour. Elle savait à merveille rendre les hommes épris et les dames envieuses, jalousie qui avait également assailli Anne d'Autriche, jusqu'à son décès, avant d'envahir la souveraine Marie-Thérèse dont elle avait l'audace de mépriser les remontrances. Affichant une liberté de comportement et un charme insolent, elle refusait de se laisser museler par l'étiquette. Son côté tête brûlée la mettait parfois en danger, toutefois, elle avait la chance d'être protégée par son frère. En adoration devant cette petite sœur facétieuse, l'unique encore en vie, il entendait bien la préserver des méchancetés d'une cour française qu'il connaissait pour les avoir subies, autant que de la morgue de son beau-frère et de l'exécrable caractère de l'époux capricieux imposé à sa cadette.

Monsieur correspondait en tout point à ce que Mazarin avait voulu faire de lui : un être inconsistant, versatile, passant la majorité de son temps à se distraire en affichant un libertinage éhonté, entouré d'un aréopage de mignons, dépensant allègrement des fortunes en chiffons et dentelles. Être liée à lui était un sacrifice accepté par Minette, consciente de l'importance de la raison d'État et de la nécessité de renforcer l'alliance entre la France et l'Angleterre. Afin d'oublier les vilenies d'un conjoint mesquin et possessif, elle avait choisi de s'étourdir dans les bals et autres plaisirs de l'existence, ne ménageant pas une santé fragile, toujours prompte à manifester un insatiable appétit de vivre. Et il en fallait de l'énergie pour supporter les grossesses rapprochées imposées par un mari pervers, éprouvant une satisfaction malsaine à la mettre enceinte sans repos, dans le but de se venger d'infidélités réelles, ou supposées, au nombre desquelles le roi lui-même figurait. Mais rien n'abattait Minette et, malgré la présence d'Athénaïs de Montespan à laquelle ce grand divertissement était dédié, Henriette-Anne se délectait de constater que tous les regards convergeaient vers elle, au vif agacement de son époux, jaloux de son indéniable charisme et de sa faculté à l'éclipser. Henriette-Anne, que ses sempiternelles jérémiades agaçaient, fit rapidement en sorte de le distancer afin de rejoindre son neveu, le duc de

Monmouth, fils naturel du roi d'Angleterre, bourreau des cœurs outre-Manche et que toutes s'arrachaient depuis son arrivée à la cour de France. Les deux jeunes gens ne se quittaient plus, parlant la langue de Shakespeare, riant comme deux insouciants sensiblement du même âge, formant un duo ensorcelant qui suscitait les pires persiflages. Le chevalier de Lorraine, amant de Monsieur, soucieux de détruire Madame à ses yeux, lui avait obligeamment rapporté les paroles de la dernière chanson courant sur toutes les lèvres :

De l'île d'Angleterre
Arrive un prince tout nouveau
Il est homme de guerre
Charmant et beau
D'une divine Dame
Il a la mine
D'être aimé sans en dire mot
Il veut une conquête...

Monsieur avait donc piqué une terrible colère ce matin, exigeant le départ du bel Apollon, bien décidé à coller aux basques de son épouse, outré qu'elle puisse s'amuser loin de lui. Par provocation, Henriette-Anne accentuait le trait, s'affichant de façon ostensible au bras du prince car elle savait que le grincheux obtiendrait ce qu'il voulait par excès de bouderie, Louis cédant souvent de guerre lasse pour éviter que les ragots prennent trop d'ampleur.

Alors ce soir elle s'exhibait avec le gentilhomme, au nez et aux sus de tous, refusant d'être domptée et d'obéir à son mari quoi qu'il lui en coûte par la suite. Seul James savait qu'ils n'étaient en rien coupables de ce dont on les accusait et il posa discrètement une main sur celle de la jeune femme qui tremblait.

— Vous êtes resplendissante Milady. Ce médiocre petit bouclé dépourvu de virilité ne vous mérite pas. Notre roi sera informé de son comportement outrageant à votre égard, je vous le promets.

À ces mots, Minette se détendit et lui sourit, ravie de voir Philippe pâlir sans oser intervenir de peur de provoquer un scandale car le roi s'avançait enfin, éclairé par la multitude des lustres en cristal. Il prit place au premier rang, entouré de la reine et de Louise de La Vallière, avec Athénaïs derrière lui. Le silence s'installa pour voir jouer la pièce de Molière suivie du *Triomphe de Bacchus* qui réjouirent l'assemblée.

Le soir tombait, il était temps d'aller prendre place au banquet situé de l'autre côté de l'allée royale, organisé autour d'une reconstitution d'un Parnasse, dressé en feuillage et orné de cascades dont les fri-selis semblaient s'accorder aux notes des musiciens cachés dans les bosquets. Au centre de ce berceau de verdure illuminé par la clarté d'une myriade de bougies blanches, les privilégiés eurent le droit de s'installer à la table du roi ou à celle de la reine, le reste des courtisans se rabattant sur les dressoirs disposés dans le parc. Après un festin copieux tous furent heureux de voir Sa Majesté se lever et donner le signe de ralliement en direction de la nouvelle salle de bal construite par Le Vau, somptueuse création décorée pour l'occasion de grandes guirlandes de fleurs destinées à égayer le marbre et le porphyre.

Louis inaugura le bal et on loua ses prouesses de danseur à l'élégance raffinée, aux gestes sûrs mettant en valeur sa musculature soulignée par ses habits de soie. S'il n'était pas très grand, le monarque était bien proportionné, doté d'une prestance exceptionnelle accentuée par un visage aux traits affirmés, peu marqué par la petite vérole, presque sévère avec sa fine moustache et ses sourcils épilés surmontant un regard azur incisif, le tout sous une abondante chevelure châtain clair le dispensant encore de porter la perruque. Tous dansèrent à en perdre le souffle devant des porteurs de flambeaux impassibles. Puis ce fut l'heure de ressortir admirer les feux d'artifice qui clôturaient la fête en embrasant le château de couleurs chatoyantes. La foule s'ébaudit devant la profusion d'aigrettes lumineuses émergeant comme par magie des fourrés et des bassins pour zébrer le ciel du chiffre du roi.

Dans le clair-obscur de l'aube naissante nul n'aperçut la silhouette qui s'était approchée subrepticement de Sa Majesté de manière à lui parler au creux de l'oreille. Gabriel Nicolas de La Reynie, nommé par le roi premier lieutenant de police de Paris, avait été appelé par Colbert afin de rendre compte de l'affaire qui les préoccupait. Conscient de l'honneur qu'on lui faisait, il relata en propos concis les résultats de son investigation.

— L'homme nous a échappé de justesse, Votre Altesse.

Louis remarqua alors une trace de contusion sur sa tempe et s'en étonna.

— C'est à cet énergumène que vous devez votre ecchymose ?

De La Reynie acquiesça.

— Vous m'avez demandé la discrétion la plus stricte aussi ai-je mené l'enquête avec seulement deux exempts. Cette nuit il y a eu un nouveau mort : un garde. Nous sommes arrivés trop tard. Nous aurions pu l'appréhender, je dois le reconnaître, mais même à trois contre un nous n'avons réussi à le maîtriser, il a la force d'un dément… J'avoue Majesté que, privé de l'aide de l'un de vos officiers, j'aurais pu subir bien plus qu'un simple bleu.

— L'avez-vous identifié ?

— Cela était impossible, il faisait très sombre. Mais nous surveillons toutes les issues : il ne peut pas passer entre les mailles du filet.

— Reprenez votre enquête et ramenez-nous des résultats si vous ne voulez pas être renvoyé ! Nous avons mis beaucoup d'espoir en vous, monsieur le premier lieutenant, et nous éprouverions un grand mécontentement à devoir vous révoquer. Capturez celui qui a osé souiller notre château du sang de ses victimes avant qu'il ne s'attaque aux gens de notre cour. Ne réapparaissez devant notre personne que lorsque ce sera fait !

Gabriel Nicolas de La Reynie salua profondément son roi, conscient qu'il n'avait plus droit à l'erreur. Il observa le souverain s'éloigner, dissimulant toute trace de son mécontentement pour rattraper ses invités et jouir de leur éblouissement que rien ne devait gâcher. Louis XIV voulait à tout prix étouffer cette vilaine affaire susceptible de ternir la réputation d'un Versailles commençant tout juste à accéder à la renommée désirée. Sous les conseils de Colbert il s'était donc directement adressé à La Reynie, sujet sûr, compétent et discret.

Ce dernier rejoignit ses hommes. Affligés des multiples entailles portées par le meurtrier qu'ils traquaient depuis trois jours, date de la découverte des corps de deux ouvriers du chantier suivi par celui de leur contremaître affreusement mutilé, ils offraient un pitoyable spectacle. Seul l'officier de la garde royale qui leur avait prêté main-forte avait réussi à parer les coups de poignard. La Reynie envoya ses enquêteurs panser leurs plaies puis se tourna vers le courageux gentilhomme.

— Monsieur je vous remercie de votre aide. Quel est votre nom ?

— Malo de Rohan Montauban, répondit le militaire en le saluant. Je n'ai fait que mon devoir.

— Certes, certes mais avec un sang-froid et une rapidité remarquables. Il me faudrait plus de gaillards de votre trempe dans mes effectifs.

Le lieutenant de police aimait le regard vif et les manières de son interlocuteur. Grand, athlétique, l'on devinait l'homme d'action et La Reynie, connaissant l'âme humaine, perçut immédiatement la lueur d'intérêt qu'éveillaient ses paroles.

— Il est vrai que la date de renouvellement de mon engagement approche… Je pourrais me laisser tenter par un autre choix.

— Passez donc en discuter avec moi au Grand Châtelet.

— Je n'y manquerai pas Monsieur.

Malo, songeur, vit La Reynie se diriger vers l'intérieur du château. Il croyait en sa bonne étoile et était persuadé que la proposition qu'on venait de lui faire devait être considérée avec attention, car il envisageait justement de quitter ses fonctions, n'ayant aucune envie de continuer à surveiller les allées de Versailles où l'on venait de l'affecter. La Reynie avait la réputation d'un homme intègre et traquer les meurtriers en remettant de l'ordre dans les rues de la capitale à ses côtés ne serait pas pour lui déplaire. Il lui faudrait en parler avec son cousin François de Rohan Montauban, chef de famille ayant permis à l'orphelin de modeste naissance qu'il était de porter son patronyme [1]. À trente-cinq ans, Malo ressentait un besoin de nouveauté et la rencontre de ce soir ressemblait à un clin d'œil du destin. Il projetait sans déplaisir de quitter l'uniforme malgré le grand succès qu'il suscitait auprès de la gente féminine, ce dont il pouvait assurément se passer car sa séduction, évidente, était plus liée à un certain détachement allié à une carrure affûtée par de nombreuses expéditions militaires. En vérité un espoir secret renaissait avec cette proposition : retrouver enfin la trace de Lénora, la femme qu'il aimait, disparue plusieurs années auparavant, et effacer ainsi les tensions familiales que son départ avait causées. Lorsqu'il avait croisé son cousin à Paris à Noël dernier, peu après son retour de Flandres où il avait mené campagne aux côtés de Turenne, il avait perçu ce fossé qui les séparait. Le moment de cicatriser certaines plaies était peut-être venu. Il regagna son poste d'un pas tranquille, sourire aux lèvres.

À quelques mètres de là, une ombre dissimulée dans un bosquet observait la fin des festivités. La silhouette de Louis XIV était reconnaissable entre toutes et l'individu leva le poing, menaçant, étouffant un cri de rage, son sang rougissant peu à peu sa chemise où s'étalait déjà celui de ses adversaires. En dépit de son état de confusion il ne céda pas à l'élan suicidaire de se précipiter sur l'être honni qui suscitait sa fureur. Mû par une énergie étrange, comme

1. Voir *L'Héritier des pagans* et *Le jeu de dupes*.

en transe, il se traîna vers les écuries du château et parvint à pénétrer dans le carrosse recherché pour s'y écrouler de tout son long. Il n'entendit même pas approcher ceux qui l'y découvrirent.

— Oh miséricorde, il est là ! Dieu soit loué, il leur a échappé ! Vite, vite, Angelo, emmenons-le à l'abri loin d'ici.

Le domestique, figé, contemplait le blessé couvert de sang devinant qu'il n'y avait pas que le sien qui maculait sa tenue.

— C'est folie Monseigneur, pure folie.

— Comment, tu voudrais l'abandonner ?

— Il est incontrôlable, dangereux, nous devrions… Le serviteur s'interrompit brusquement.

Un palefrenier attiré par le bruit s'approchait, étonné qu'une voiture soit de si bon matin prête à quitter le château. Angelo n'eut que le temps de couvrir le fugitif d'une couverture avant qu'il ne jette un coup d'œil à l'intérieur du véhicule.

— Tout va bien ?

— Oui je vous remercie, répondit le gentilhomme. Nous avons un malade, nous l'emmenons voir un médecin.

Le garçon d'écurie scruta le blessé.

— C'est sûr il n'a pas l'air d'être en grande forme… Je vais demander à mon supérieur l'autorisation de sortir vos chevaux et il vous fera libérer le passage.

Angelo, très pâle, le vit se diriger, avec un soupir de soulagement, vers son responsable qui les observait un peu plus loin. Son maître tenta de le rassurer.

— Nous allons le ramener chez nous, à Venise, là-bas il guérira. Il aura les meilleurs médecins, les meilleurs ! Et il oubliera…

Angelo, inquiet lui aussi pour le blessé, aurait tout donné afin qu'il en soit ainsi et il s'empressa d'obéir à son seigneur qui, désespéré, serrait le corps inanimé contre sa poitrine.

— Je t'en supplie mon garçon accroche-toi à la vie, ne meurs pas !

Il lui murmura en italien de tenir bon, fou d'angoisse devant son état semi-comateux. Il fallait partir vite, précéder le flot de voitures qui allait reprendre la route de Paris, avant que le déséquilibré ne recouvre ses esprits et qu'on soit obligé de l'entraver. Le carrosse de l'ambassadeur franchit en premier et sans encombres les grilles du château pour disparaître aux regards dès l'aube : le tueur de Versailles laissait derrière lui ses premières victimes.

2

Auvergne, domaine de Mont Menat, octobre 1669

Malo, qu'on venait d'introduire dans le grand salon, retrouvait avec nostalgie la décoration imaginée par Nolwenn de Rohan Montauban pour accueillir ses invités et rendre cette pièce, aux dimensions impressionnantes, chaleureuse et conviviale. Il constata amusé que la maîtresse des lieux avait obtenu de son époux l'autorisation d'installer un parquet sur l'ancien sol dallé de pierres, nouveauté fort coûteuse, mais embellissement réussi, tout autant que le camaïeu lumineux des tentures et des panneaux en bois sculptés, surmonté d'un plafond à caissons redoré avec soin. D'élégants fauteuils aux pieds torsadés décorés de motifs végétaux formaient un bel ensemble devant une magnifique cheminée ornée d'une gigantesque tapisserie fine en laine et soie campant un paysage marin des côtes léonardes, rappelant aux seuls initiés l'origine bretonne des propriétaires des lieux[1]. Il éprouvait l'étrange sensation d'effectuer un bond dans le

1. Voir *L'Héritier des pagans*.

passé, heureux mais troublé de revenir dans ce château chargé de souvenirs dont certains conservaient, malgré le temps écoulé, leur charge douloureuse.

Cela faisait de nombreuses années qu'il n'avait pas rendu visite aux siens, se contentant d'échanger des courriers ; ni revu leur chef de clan, François de Rohan Montauban, son cousin. Seule exception : sa visite expresse de Noël 1667 à Paris où les deux hommes, se croisant, préférèrent se limiter aux banalités d'usage. Depuis lors, et en dépit de l'envie qu'il en avait, l'occasion ne s'était pas présentée, d'autant plus que ses nouvelles fonctions l'accaparaient. Le chevalier avait toujours considéré sa décision d'épouser Lénora, une fille de la cour des miracles recueillie à Mont Menat [1], comme une grave erreur. La fuite de la jeune épousée deux ans à peine après la cérémonie lui avait malheureusement donné raison. François n'avait de plus pas compris son désenchantement de la vie militaire et son désir de s'en extirper après s'être escrimé à favoriser l'avancement du jeune officier. Le gentilhomme était convaincu que la carrière des armes et un bon mariage étaient les gages d'une vie accomplie pour son cousin et dans ces deux domaines il avait été déçu. Confronté à des choix contraires à ses convictions, il avait poussé Malo, devant son évidente réprobation, à déserter Mont Menat et laissé la distance et le temps finir de distendre leurs liens. L'annonce de son départ des rangs de l'armée accentua encore l'écart.

Le retour au manoir familial faisait resurgir des images oubliées et Malo prit conscience que

1. Voir *Le Jeu de dupes*.

l'endroit et ses habitants lui avaient énormément manqué. Il se revit dix années en arrière, avant que Lénora ne le quitte, lorsqu'il revenait à chaque permission l'embrasser, avide de ses caresses, goûtant les plaisirs simples des repas familiaux, des promenades et de la chasse. Les moments les plus heureux de son existence avaient eu lieu à Mont Menat et subitement un flot d'émotions l'étreignit, le déstabilisant et le privant de cette distance face aux choses qu'il avait développée ces dernières années et qui frisait parfois le cynisme.

Il frissonna devant les flammes du feu allumé par Gervais, à son arrivée, aux premières lueurs de l'aube. Le brave domestique se serait empressé de courir réveiller son maître si le visiteur ne l'en avait empêché. Il s'était donc contenté d'aller chercher Marotte, son épouse, toute heureuse de revoir Malo, lui dont on espérait tant la venue pour les noces du jour.

Le jeune homme avait choisi d'attendre confortablement installé dans la bibliothèque jouxtant le salon et, plongé dans ses souvenirs, n'entendit pas entrer le maître des lieux. François de Rohan Montauban l'observa un instant sans se manifester. Il se sentait mal à l'aise car depuis le courrier annonçant son changement de carrière, désarçonné et désappointé, il s'était contenté de donner et prendre des nouvelles par le truchement de sa sœur Louise, ne répondant pas directement aux missives de Malo. Maintenant, en sa présence, il regrettait cette attitude. Les images de son cousin, enfant au pied de la tombe de ses parents, en train de ramener les animaux à la ferme de Marie, assis à la table familiale ou au bras de Lénora jaillirent de sa mémoire et le bouleversèrent. Quand Malo, relevant la tête, l'aperçut, il y eut entre eux comme une reconnaissance secrète de leur peine respective et les deux hommes s'étreignirent avec force, submergés par l'émotion.

— Malo… Cela fait si longtemps. J'aurais dû… Je suis très heureux de t'accueillir sous mon toit. Très heureux…

Les cousins s'installèrent devant l'âtre pour discuter.

— Tu ne devais pas escorter Louise et Arnaud ?

Le visage de Malo s'assombrit.

— Malheureusement je crains qu'ils ne nous rejoignent qu'après la cérémonie, dit-il. Constance est souffrante et ils ont préféré différer leur départ.

— Ce n'est peut-être pas plus mal, lâcha le chevalier.

Malo, connaissant l'attachement profond de François envers sa sœur et son beau-frère, le marquis de Saldagne, se méprit sur la raison de cette réflexion.

— Il est vrai que la petite dispose des meilleurs soins à l'hôtel Bessières et des plus grands médecins parisiens.

François fit un signe de dénégation.

— Il ne s'agit pas de cela. Dieu sait que Louise a tendance à couver cette enfant qu'elle a eu tant de mal à concevoir mais cela n'est certainement pas l'unique raison de leur arrivée différée.

Malo, surpris, fronça les sourcils. Louise adorait sa nièce : Charlotte, la jeune promise, et cela ne lui ressemblait guère de bouder son mariage.

— Je vois qu'elle ne t'a rien dit…, constata François. Ma sœur réprouve cette union. Arnaud a essayé de lui faire entendre raison, néanmoins elle s'obstine à penser que seuls les mariages d'amour méritent d'être célébrés.

Malo ne répondit pas. Il y avait cru autrefois et cela lui avait valu d'être abandonné par son épouse et de se brouiller avec les siens. Son cousin, comprenant à quoi il songeait, détourna le regard et se mit à contempler les flammes. Malo ne voulait pas de malentendu.

— Les alliances fondées exclusivement sur les sentiments sont trop fragiles, ceux qui s'y risquent doivent en mesurer les aléas.

François acquiesça en silence puis osa demander :

— Tu n'as aucune nouvelle ?

— J'ai cru remonter sa piste l'année dernière, toutefois cela n'a pas abouti, dit-il calmement.

— Tu m'en vois sincèrement désolé. Lénora s'étiolait ici… Elle a essayé de s'adapter mais c'était un oiseau en cage… Tes rares permissions ne lui suffisaient pas.

— Je sais… J'ai longtemps cru qu'elle était heureuse parmi nous, affranchie de son passé de fille des rues… En réalité le contraste entre Mont Menat et son enfance à la cour des miracles était trop grand pour qu'elle y crée sa place.

— Nous avons tous commis cette erreur, elle la première… Nolwenn a eu beaucoup de mal à accepter son départ, elle l'adorait. On aurait pu croire que cette expérience démontrerait l'utilité d'un mariage fondé sur la raison… Pourtant Louise trouve à redire à une union souhaitable… si ce n'est nécessaire.

À ces mots Malo entrevit la vérité.

— Charlotte est dans l'obligation de se marier ?

François se leva et accomplit quelques pas.

— Elle s'est laissé séduire durant l'été par un gredin, un comédien en escale chez le marquis d'Arcourt avec sa troupe… Elle porte le fruit de cette imprudence.

— Je vois… C'est pourtant au cadet des d'Arcourt qu'on la destine.

— Tout à fait. Dans son malheur ma fille a la chance d'être aimée par ce brave garçon, compagnon de jeux de son enfance, capable d'affronter ses parents en endossant une paternité dont il n'est pas responsable, prêt à réduire les fiançailles à leur plus simple expression.

— Je me souviens d'un adolescent timide mais fort bon cavalier.

— C'est un jeune homme honnête. Il pourvoira à son bonheur si elle lui en donne l'occasion. De toutes les manières son inconduite ne permet guère d'alternative. Elle devrait s'en féliciter au lieu de faire la fine bouche ! s'emporta François.

Malo se retint de sourire. Charlotte était dotée d'un caractère vif qui devait beaucoup à l'héritage paternel aussi le chevalier et sa fille, trop semblables dans leurs excès, avaient paradoxalement parfois bien du mal à s'entendre.

— Et Nolwenn, qu'en pense-t-elle ?

— Elle sait que j'aurais pu imposer à Charlotte n'importe quel parti ou la faire enfermer au couvent. Elle approuve donc ce choix, cependant on dirait qu'elle m'en veut… Ce n'est tout de même pas ma faute si nous sommes acculés à cette extrémité ! Ce mariage est indispensable sinon la vie de Charlotte sera détruite. Son promis est de bon lignage et elle l'apprécie… C'est la solution la plus raisonnable.

Crois-moi cela n'a pas été une mince affaire d'obtenir le consentement des d'Arcourt, j'ai dû leur proposer une dot mirobolante et le contrat établi devant notaire est plus qu'avantageux pour un cadet réduit à la portion congrue. Il est de mon devoir d'assurer l'avenir de Charlotte et ce mariage dénué des contraintes de la passion lui garantira la stabilité.

— Et l'autre qu'est-il devenu ?

— Dès qu'il a appris son état il s'est empressé de déguerpir. Ah, si je le tenais entre mes mains !

François contenait mal sa colère envers le don Juan, responsable du déshonneur de Charlotte, qui l'obligeait à intervenir de manière à y remettre bon ordre, moins dans un souci des convenances que dans celui, sincère, de protéger sa fille dont le dévergondage, révélé au vu et au su de tous, anéantirait tout espoir d'existence respectable, sans parler du sort de l'infortuné enfant à venir. Une jeune aristocrate fille-mère du rang de Charlotte serait mise au banc de la bonne société et son petit bâtard condamné à un avenir difficile. François se rassit.

— J'aurais préféré que les choses soient différentes mais en l'état je ne vois pas ce que je pouvais faire de mieux…

Le crépitement du feu combla le silence jusqu'à ce que Malo relance la conversation :

— Et Philippe, comment va-t-il ?

Le regard de François s'éclaira.

— Il est le seul à se montrer heureux de ce mariage. Tu verras, il a beaucoup changé, conclut-il plein de fierté avant qu'un air las ne marque de nouveau ses traits.

François aimait profondément ses deux enfants, les jumeaux étaient la prunelle de ses yeux et il souffrait de la situation inextricable dans laquelle s'était fourvoyée sa fille.

— Parle-moi plutôt de toi. Toujours aussi satisfait d'avoir rejoint Gabriel Nicolas de La Reynie ? Arnaud m'a dressé un portrait élogieux du personnage.

— Plus que je ne m'y attendais… Pour être franc, quand il m'a proposé de rejoindre ses hommes, j'y ai d'abord vu une chance d'échapper à l'armée et à ses jeunes officiers inexpérimentés, élevés en dehors de toute réalité militaire, qui jouent avec leur compagnie nouvellement offerte par leur père comme s'il s'agissait de simples soldats de plomb.

— Tu t'es pourtant couvert de gloire lors de la conquête éclair des Flandres. Nous nous sommes réjouis de te savoir aux côtés de Turenne. Je n'ai pas saisi la raison pour laquelle cette campagne glorieuse t'a détourné de l'armée…

— Cela dit sans vouloir t'offenser c'est parce que tu n'as jamais combattu sur un champ de bataille, répliqua Malo. Nous avions gagné le nord avant d'avoir eu le temps de former les nouvelles recrues, cela a été une boucherie infâme. Ces gamins, enrôlés au mieux en état d'ébriété, au pire de force, se sont fait massacrer dès les premiers assauts. Alors oui, la victoire fut au bout de nos baïonnettes, mais à quel prix ! Ces pauvres bougres savaient à peine tenir une arme… Et puis fin 1667, lorsque mon régiment a été démobilisé, j'ai dû jouer les gardes-chiourmes de manière à canaliser des soldats trop prompts à se transformer en soudards loin des combats et cela a fini de me dégoûter de l'armée et des barbares qu'elle engendre. Ensuite je me suis retrouvé affecté à Versailles en vue d'encadrer la surveillance des chantiers…

— Cette nomination tu l'as obtenue grâce à Louise, elle a usé de toutes ses relations et de celles d'Arnaud. Elle m'en avait parlé à l'époque où j'étais monté à Paris pour l'Avent. Je pensais que c'était une belle opportunité. C'est un poste fort prisé.

— Par ceux qui aiment l'oisiveté et possèdent une âme de courtisan certainement. De toute façon j'étais déjà convaincu que ma place n'était plus dans l'armée d'autant que je n'avais pas reçu mes dernières soldes, et ne parlons pas des primes... La proposition de La Reynie tombait à pic. Je ne l'ai à aucun moment regrettée, c'est un homme d'honneur, il accomplit son office avec brio et je suis fier de travailler sous sa férule.

— On dit qu'il a l'oreille du roi et des pouvoirs très étendus.

— Tout ce qui touche Paris le concerne. Il dépend directement de Colbert et rend souvent compte de sa mission à Sa Majesté en personne pour les problèmes délicats. Certains dossiers sont détruits dès que le roi en a pris connaissance car on surprend parfois les pires turpitudes chez la fine fleur de l'aristocratie... C'est une tâche passionnante et extrêmement bien rémunérée.

— Pourquoi pas après tout. Tu as le droit de mener ta vie comme tu l'entends tant que tu n'entaches pas le nom que je t'ai autorisé à porter...

Malo accueillit l'approbation du chef de clan avec soulagement, il comprenait que changer d'opinion n'était pas une mince affaire pour son impétueux cousin et il lui en savait gré.

— Et l'affaire des meurtres commis à Versailles à l'origine de votre rencontre, il l'a élucidée ? Ne sois pas étonné, c'est Arnaud qui m'en a parlé.

— C'est un des rares cas resté inexpliqué : un contremaître, deux de ses ouvriers puis un garde massacrés à l'arme blanche, les quatre cadavres marqués d'un chiffre romain à l'épaule. On pouvait craindre que ce soit le début d'une longue série mais non, tout s'est arrêté ce fameux soir du grand divertissement royal.

— Sur quoi travaillez-vous actuellement ?

— Nous venons de démasquer un usurpateur de la condition de marquis qui non content d'être un faussaire faisait chanter plusieurs personnes haut placées, n'hésitant pas à assassiner ceux qui lui résistaient. Ce fut une longue enquête et à la fin nous avons réussi à démanteler tout son réseau criminel en évitant le scandale.

— Arnaud m'a dit que tu te grimes parfois de manière à plonger incognito dans les arcanes souterrains de la cité.

— Lénora m'avait enseigné quelques astuces dans ce domaine et il est vrai que c'est en traînant dans les bas-fonds qu'on peut résoudre certaines affaires.

— Tu dois vivre à un rythme trépidant fort différent du calme de notre contrée, conclut François avec une pointe de regret.

— Certes, seulement je n'ai pas le bonheur d'avoir une épouse aimante et deux beaux héritiers.

— Je ne regrette en rien ma décision de me tenir éloigné de la cour tu sais ! Les intrigues et les complots j'en ai eu ma part… Vivre ici me convient. Hormis les tensions récentes nous sommes heureux à Mont Menat. Je n'ai qu'une hâte : qu'on célèbre ce mariage afin que tout rentre dans l'ordre.

Les deux hommes se mirent à contempler la danse hypnotique des flammes, savourant simplement le plaisir d'être ensemble, lorsque la maîtresse de maison fit son entrée accompagnée de son fils. Malo sourit à Nolwenn, heureux de constater l'absence d'emprise du temps sur sa beauté de fière bretonne aux yeux d'azur et à la peau laiteuse parsemée de grains de beauté. Elle n'avait pas changé. Ce n'était pas le cas de Philippe : le frêle garçon de ses souvenirs s'était mué en un adolescent solidement charpenté qui l'étreignit avec force. Les retrouvailles furent chaleureuses, toutefois on sentait l'atmosphère de la demeure empoisonnée par la tension liée à la cérémonie prévue en fin d'après-midi.

François s'enquit de savoir si Charlotte leur ferait l'honneur de se joindre à eux. Nolwenn poussa un long soupir :

— Je ne crois pas… Elle ne veut pas sortir de sa chambre.

— Cette fille est têtue comme une mule ! Plus d'une dans la région serait ravie d'épouser un d'Arcourt, fût-il puîné, néanmoins mademoiselle se permet de faire la difficile malgré son inconduite, fulmina le chevalier.

Malo vit Philippe acquiescer, partageant l'énervement paternel ; l'ancienne complicité soudant les jumeaux appartenait visiblement au passé.

— Je vais aller lui parler si vous le désirez.

— Gardez-vous-en bien Philippe, elle a besoin d'être seule. Accepter les circonstances lui est douloureux, laissez-lui du répit, intervint Nolwenn.

— Pourtant elle en est l'unique responsable ! Elle en veut à la terre entière mais ne devrait s'en prendre qu'à elle-même ! Thomas est mon meilleur ami, franchement elle a beaucoup de chance qu'il la sauve du déshonneur où elle a pris le risque d'entraîner notre maison, tout ça pour une saleté de saltimbanque. Et Dieu sait ce qu'elle nous réserve ce soir, elle n'a pas encore choisi sa toilette !

— Taisez-vous Philippe, cela suffit, lui intima sa mère. Votre sœur requiert votre soutien et non vos vitupérations. Votre attitude me déçoit.

Le garçon, vexé, s'excusa et quitta la pièce.

— Rassurez-moi Madame, cette écervelée sera prête à l'heure de la cérémonie et en tenue convenable ? demanda François d'un ton peu amène. Les d'Arcourt ont accepté cette union du bout des lèvres, on ne doit en aucune façon les froisser.

— Ne vous inquiétez pas mon ami, j'y veillerai.

Nolwenn lança à son époux un sourire las mais plein de tendresse. Elle comprenait sa colère sans la partager. Elle se souvenait avec horreur de son premier mariage avec un riche vieillard, obligée de se sacrifier en vue d'accroître la fortune familiale, calvaire enduré durant de longs mois avant d'être délivrée du repoussant grison par une providentielle fluxion de poitrine. Certes les conditions étaient différentes pour Charlotte : son promis était un jeune homme agréable, soucieux de son bonheur, cependant elle se trouvait à son tour prisonnière, son statut de fille ne lui octroyant que la possibilité d'obéir. Beaucoup de pauvres innocentes se voyaient ainsi contraintes d'accepter le parti imposé par leurs parents, livrées parfois âgées d'à peine douze ans aux appétits d'époux abjects et à leur brutalité rarement réprimandée, le contrat de mariage les transformant en éternelles mineures dont on ne se souciait que de protéger les biens. Dans ces conditions certaines préféraient aller se réfugier dans un couvent et celles à qui l'on refusait cette échappatoire connaissaient le désespoir et la tentation de mettre fin à leurs jours. Nolwenn savait pertinemment que dans son malheur, Charlotte avait le bonheur d'avoir un père attentif à son sort, en dépit d'une colère somme toute légitime vu l'embarras où son inconduite les avait plongés. Sa fille devait surmonter sa répugnance à accepter un mariage non désiré : il n'y avait pas d'autre alternative compte tenu des circonstances. Les heures précédant la cérémonie s'égrenèrent en l'absence de nouveau heurt, rythmées par les arrivées successives des convives. Thomas d'Arcourt fit bonne impression à Malo qui apprécia son regard franc et le calme dont il faisait preuve dans une ambiance électrique largement due aux humeurs de son frère aîné. Ce dernier ne tentait pas de masquer son déplaisir d'assister à la célébration d'une alliance considérée comme offensante pour son clan. On sentait une sérénité similaire chez leur père, copie du cadet en plus âgé, tandis que la mère, aussi remontée que son premier fils, marquait sa désapprobation d'un air pincé et hautain. Bientôt ce fut l'heure de gagner l'église où la cérémonie devait avoir lieu, portes ouvertes, devant les habitants des alentours, ravis d'être réunis et de participer aux festivités annoncées.

Les d'Arcourt étant la plus puissante famille aristocratique de la région, toute la noblesse locale tenait à être présente et les mères de filles à marier enviaient la petite Charlotte de Rohan Montauban d'avoir réussi à attraper dans ses filets l'un des beaux partis du pays. Tout le monde était en place, tous sauf la jeune promise. Enfin elle apparut dans la chapelle au bras de son père. Un murmure d'étonnement parcourut l'assemblée devant la sobriété de sa tenue : une simple robe de satin grisé, parfilée d'argent et brodée de perles anthracite d'un aspect austère. Sa mine ne manqua pas de provoquer également les commentaires : pâle, paupières rougies, elle fixait un point droit devant elle sans un regard pour Thomas, visiblement ému, qui l'attendait, devant l'autel, en compagnie du prêtre et de leurs témoins.

Malgré son expression revêche, Charlotte était d'une beauté à couper le souffle : sa chevelure fauve, qu'on avait voulu discipliner et enserrer dans une coiffure, laissait poindre des mèches rebelles auréolant son front et sa nuque et offrant un contraste saisissant avec ses yeux émeraude et sa peau opaline. La promise ne rejoignait pas son futur époux de gaieté de cœur et ne cherchait pas à le dissimuler. Son père prit conscience des remous provoqués par son attitude et résista à l'envie de la secouer pour se contenter de lui intimer à mi-voix de faire un effort. Malo, assis auprès de Nolwenn, la sentit se crisper et tenta de l'apaiser en lui posant la main sur l'avant-bras en signe de soutien. Thomas d'Arcourt observait Charlotte s'avancer vers lui en s'efforçant de capter son regard afin qu'elle puisse y lire la force de son amour. Malo surprit l'intensité de celui de son aîné rivé sur Charlotte et réalisa que son arrogance ne masquait en réalité qu'une violente jalousie. René d'Arcourt, héritier du titre, paraissait littéralement hypnotisé par la beauté de Charlotte et, comme il ne pouvait la posséder, ne rêvait plus que de la détruire.

La tension régnant dans la nef était palpable. Tous poussèrent un soupir de soulagement lorsque les fiancés se retrouvèrent côte à côte, y compris le prêtre, parfaitement conscient de ce qui se jouait puisqu'il avait entendu au préalable les deux promis en confession. L'ecclésiastique posa aux futurs époux les questions traditionnelles sur un éventuel empêchement au mariage puis prit les mains des deux jeunes gens et les joignit tout en commençant son homélie. Dans un silence religieux, il invita Thomas à prononcer son engagement devant tous :

— Messire Thomas d'Arcourt acceptez-vous de prendre pour épouse légitime Damoiselle Charlotte de Rohan Montauban ici présente, jurez-vous de l'aimer et de la chérir, de vivre avec elle selon la loi divine dans le saint état du mariage en renonçant à toute autre union, de la défendre et de la protéger dans le bonheur ou l'adversité pour le temps qu'il plaira à Dieu de vous prêter sur cette terre ?

Thomas très ému répondit d'une voix vibrant d'enthousiasme :

— Moi, Thomas, je vous prends Charlotte pour épouse et vous promets foi et loyauté de mon corps et de mes biens, je le jure.

Le curé de la paroisse se tourna alors vers Charlotte et réitéra sa demande. Elle releva la tête mais aucun son ne sortit de sa gorge. Elle dévisagea Thomas qui la suppliait du regard puis toisa un instant son témoin, son frère René, la nuque raide. L'interrogation, renouvelée d'un ton embarrassé, se répercuta en résonnant sous les voûtes. Et là l'impensable se produisit : Charlotte se redressa avec un air de défi devant l'assistance médusée pour asséner un non clair et définitif. Malo sentit Nolwenn s'affaisser et l'empêcha de tomber, laissant ensuite Philippe s'en occuper de manière à neutraliser François prêt, tel un taureau furieux, à se ruer sur la jeune fille. Thomas s'interposa à son tour, permettant à Charlotte de s'enfuir et à Malo de convaincre François de ne pas la poursuivre devant l'assemblée atterrée, horrifiée par l'ampleur du drame. Suffoquée, la famille d'Arcourt, publiquement humiliée, se retira, imitée par la plupart des convives qui s'empressèrent de donner des ordres pour qu'on attelle leur carrosse. Ils désiraient fuir au plus vite ce lieu de scandale. Malo réussit à grand-peine à persuader François de regagner Mont Menat où l'on trouverait certainement Charlotte, que les villageois sidérés avaient aperçue emprunter une jument, décidée à la monter à califourchon malgré sa tenue.

Jamais il n'avait vu le chevalier dans un tel état de rage. Le trajet se fit dans une ambiance pesante et, parvenus à destination, Malo continua de raisonner François afin qu'il reprenne ses esprits avant de faire irruption dans la chambre où s'était réfugiée sa fille. Philippe quant à lui s'occupait de sa mère, toujours très abattue, recroquevillée sur un fauteuil. C'est dans cette atmosphère épouvantable que se présentèrent Arnaud de Saldagne et son épouse Louise qu'il avait convaincue in extremis de rejoindre Mont Menat pour participer à l'événement et qui craignaient d'arriver trop tard.

— Que se passe-t-il François ? s'enquit Arnaud tandis que Louise allait s'agenouiller aux pieds de Nolwenn.

— Elle a osé dire non devant l'autel, rugit François qui s'interrompit en s'étranglant de fureur et ingurgita sans même en sentir le goût le remontant apporté par un Gervais à la mine contrite.

Louise réclama un verre d'eau fraîche à Marotte pour sa belle-sœur car elle avait la gorge nouée. Comprenant la gravité des événements, Arnaud entreprit d'apaiser François pendant que son épouse abandonnait momentanément Nolwenn aux bons soins de Philippe et gagnait l'étage, espérant s'entretenir avec Charlotte. Elle redescendit presque immédiatement et, en retrait, attira l'attention de Malo depuis le seuil du salon.

— Vous avez besoin d'aide ? l'interrogea-t-il en s'approchant discrètement.

— Je n'arrive pas à lui faire ouvrir sa porte. J'imagine que vous savez régler ce genre de problème... François est dans un tel état de nerfs, il serait capable de l'enfoncer.

Malo acquiesça et ils montèrent. Il n'eut aucun mal à crocheter la serrure et s'effaça pour laisser entrer Louise mais celle-ci resta pétrifiée, inquiétant du coup Malo qui s'avança d'un pas vif. La pièce était déserte, à côté du lit gisait une chemise et des culottes couvertes de sang. Louise, paniquée, se tourna vers Malo.

— Mon Dieu on lui a fait du mal ! s'écria-t-elle.

— Je ne crois pas... Tranquillisez-vous. Je pense au contraire que nous avons sous les yeux la raison de son revirement à l'église. Charlotte a manifestement fait une fausse couche dans la nuit.

— C'est donc cela qui lui a donné la force de refuser ce mariage, conclut Louise avec de l'admiration dans la voix.

Malo vit une lettre destinée à Nolwenn posée en évidence sur un scriban.

Maman,

Je veux être seule à décider de mon destin.

Pardonnez-moi pour le chagrin que je vous cause, je vous aime,

Charlotte.

Louise pâlit en comprenant que sa nièce avait fugué, la gravité de la situation balaya ses velléités romantiques. Malo vit son désarroi et préféra avertir François en personne, il fallait rattraper la jeune fille au plus vite. Nul mieux que lui ne connaissait les multiples dangers auxquels s'exposait une adolescente exaltée livrée à elle-même.

3

Versailles, fin novembre 1669

La cour se trouvait réunie ce matin-là au château de Versailles : le roi avait décidé d'examiner en personne l'avancée des travaux et l'on faisait semblant d'éprouver, comme Son Altesse, une véritable passion pour l'architecture des nouveaux aménagements envisagés. En réalité la plupart des courtisans s'intéressaient beaucoup plus au sort réservé à Henriette-Anne, duchesse d'Orléans, convoquée à son tour par le roi après Monsieur, qui s'était durement fait réprimander à cause du manque de dignité dont il avait fait preuve, en compagnie de son épouse et de sa suite, lors d'une visite à Soliman Aga, l'envoyé du Grand Turc. Louis XIV souhaitait impressionner cet émissaire et il avait été furieux d'apprendre par ses espions l'inconduite de son frère et de ses gens, cela devant un observateur hautain, comprenant parfaitement le français mais feignant de l'ignorer, pour se contenter de monosyllabes envers son traducteur albanais et qui avait à peine pris garde à dissimuler le mépris que lui inspiraient ses hôtes. Hugues De Lionne avait averti le souverain que les relations s'annonçaient laborieuses : le diplomate avait déjà rencontré deux fois son homologue et en gardait un souvenir cuisant. Il avait dû ingurgiter avec le sourire cette abominable mixture nommée café que le Turc lui avait offert, confortablement installé sur son lit d'apparat couvert de draps d'or, entouré de sa suite regroupée sur des tapis, le laissant, à dessein, assis sur un tabouret mal commode. De Lionne avait souligné l'importance d'imposer le respect à l'envoyé de Mehmed IV, fort enclin à méjuger ses interlocuteurs, et voici que Monsieur n'avait rien inventé de mieux que de s'afficher avec ses mignons, buvant plus que de raison, entraînant les suivantes de son épouse dans son pitoyable sillage, cette dernière ne demeurant pas en reste. Obtenir la considération de l'Ottoman allait être désormais bien difficile, or c'était un enjeu décisif puisque la restauration de liens diplomatiques conditionnait l'existence d'échanges marchands avec Constantinople et la préservation des intérêts français dans les territoires lointains du Levant. Louis XIV n'avait donc pas pris de pincettes pour admonester son frère et s'apprêtait à faire de même avec Madame. On attendait par conséquent son arrivée avec impatience, certains se réjouissant de voir la duchesse dans l'embarras, elle qui osait trop facilement s'affranchir des règles de l'étiquette, refusant de perdre son libre arbitre et son indépendance de ton dans un univers où l'hypocrisie régnait en maîtresse des lieux.

La jeune femme tardant à venir les conversations allaient bon train. Beaucoup cependant plaignaient Henriette-Anne car on connaissait son enfer quotidien. Son époux, au mode de vie malsain, imposait dans leur intimité son amant le chevalier de Lorraine, être pervers et manipulateur d'une beauté frappante qui servait de paravent aux vices les plus outranciers. D'autant que la duchesse venait tout juste d'enterrer sa mère, Henriette de France, veuve du roi d'Angleterre, et tous avaient vu le chagrin sincère de sa fille lors du service organisé en l'église de Saint-Denis puis à Notre-Dame. Les supputations étaient interminables mais la belle-sœur de Louis XIV n'étant toujours pas annoncée, on en revint à des badinages lorsqu'un nouveau groupe pénétra dans l'antichambre, redonnant du grain à moudre aux cancans. Vittorio Dandolo Della Farnese entrait, suivi de ses compagnons habituels, pour la plupart artistes, auxquels il était très attaché, déterminé à proposer leurs services au roi en vue d'embellir Versailles. Ces dames ne cherchaient pas à cacher leur attirance envers le beau Vénitien dont on était sans nouvelles, depuis un départ précipité l'année précédente en compagnie de son père, l'ambassadeur de Venise. Connu pour ses frasques, ses réactions fantasques et imprévisibles, le gentilhomme aux sautes d'humeur fréquentes fascinait le sexe faible aussi bien que la gente masculine en entretenant des aventures avec les deux. Il orchestrait en outre de somptueuses fêtes et possédait le don de s'entourer de la fine fleur artistique de l'époque, jouant le rôle de mécène généreux, attentif à encourager la création. Protecteur prodigue, il n'hésitait pas à faire la promotion de ces jeunes talents auprès des têtes couronnées d'Europe, ce qui expliquait son retour à Versailles avide de nouveautés. Son père venait de mourir et l'on se demandait si ce décès était lié au désespoir d'être tombé en disgrâce à cause d'une réflexion malheureuse rapportée à Louis XIV, ou à l'obligation perpétuelle de devoir éponger les dettes faramineuses d'un fils semant désordre et scandales sur son passage.

L'épicurien n'avait désormais plus de comptes à rendre et, heureux de retrouver la France après une longue absence, jouissait de la vie avec excès.

À cet instant le silence s'établit : Madame venait de faire son apparition, magnifique dans une robe de satin grège au bustier incrusté de pierreries mettant en valeur la finesse de sa taille. Elle marqua une pause et jaugea la foule d'un air de défi. Cependant tous notèrent ses traits tirés. Della Farnese la scruta avec intensité, subjugué, et se fit violence pour ne pas lui offrir son bras, se contentant d'un profond salut, fixant sa nuque puis sa silhouette s'éloigner lentement et disparaître derrière les portes des appartements du roi.

À l'intérieur, Henriette-Anne s'avança à petits pas avant d'exécuter une révérence bien bas devant son suzerain, affichant un calme de façade qu'elle était loin de ressentir.

— Madame, je vous en prie, prenez un siège. Vous êtes très pâle, êtes-vous souffrante ?

Henriette-Anne croisa le regard de Louis mais n'y décela aucune ironie, juste une réelle sollicitude.

— Votre Altesse, mon époux m'a exposé votre courroux et je regrette de vous avoir déplu en compromettant vos affaires.

Le roi fut surpris par cette humble entrée en matière ressemblant peu aux habitudes de sa fière belle-sœur. Il aurait préféré qu'elle paraisse moins raisonnable car ce qu'il avait à lui dire ne lui plairait pas, il le savait. Il éprouvait à l'égard de la jeune femme un attachement réel, gardant un souvenir ému de leurs amours passées, néanmoins il ne pouvait pas la ménager aujourd'hui : sa décision était prise.

— Ma chère, nous avons déjà réglé ce différend avec Monsieur et ne tenons pas à y revenir avec vous.

Nous désirons en réalité vous entretenir de notre petite Marie-Louise au sujet de l'éducation que nous comptons lui faire donner.

Henriette-Anne tressaillit en entendant mentionner le prénom de son aînée. Elle avait espéré, sans y croire vraiment, qu'on la convoquait pour l'affaire du Turc et comprit que l'entrevue allait être des plus pénibles comme elle le craignait. Depuis que son époux s'était entiché de Lorraine, ce dernier s'évertuait à lui causer du tort et n'hésitait pas à écarter ceux de son entourage résolus à lui apporter leur soutien. La gouvernante de la princesse, Mme de Saint-Chaumont, l'une de ses plus fidèles amies, avait osé contrecarrer les dessins du chevalier et se dresser contre sa mainmise sur la maison de sa maîtresse, ce qui avait provoqué sa perte. Philippe d'Orléans, poussé par son amant, venait la veille de la chasser du Palais-Royal et Henriette-Anne savait qu'il ne restait plus aucune chance d'empêcher sa disgrâce ; même l'intervention réclamée à l'ambassadeur d'Angleterre en sa faveur avait échoué. Peut-être pourrait-elle tout du moins exprimer son souhait de voir Mme de La Fayette, si chère à son cœur, obtenir ce poste convoité. Elle s'apprêtait à répondre au roi mais il ne lui en laissa pas l'occasion, lui montrant par là qu'il n'y avait rien à discuter.

— Nous connaissons votre attachement sincère vis-à-vis de Mme de Saint-Chaumont, toutefois il faudra à l'avenir vous garder d'amitiés mal placées. L'éducation de Mademoiselle est un enjeu primordial puisque nous la destinons à devenir l'épouse du dauphin, nous voulons donc surveiller avec le plus grand soin son instruction en l'entourant des personnes les plus aptes à la former de la manière appropriée.

Henriette-Anne sentit les baleines de son corset se resserrer. Dans la lutte de pouvoir qui les opposait, le chevalier de Lorraine venait de l'emporter et elle n'avait pas un mot à dire, pas même concernant le sort de sa propre fille. La jeune femme ne souffla mot et esquissa un geste vers la sortie.

— Nous n'avons pas fini Madame !

Le ton s'était durci. Minette se raidit, devinant que le pire était à venir.

— Nous avons conscience que votre grand cœur vous empêche parfois de voir la mauvaise influence de certaines péronnelles parmi votre entourage. Aussi avons-nous décidé de renvoyer plusieurs de vos dames de suite et de les remplacer par des compagnes sûres qui vous seront de bon conseil.

La duchesse pâlit. Ainsi donc on lui ôtait sous son propre toit l'appui de celles qu'elle appréciait, en allant jusqu'à lui imposer dans son intimité des créatures choisies par Philippe à l'instigation du chevalier de Lorraine.

— Cela dans un souci de vous éviter de renouveler certains comportements fâcheux nuisant à votre réputation. À ce propos nous avons appris le différend qui vous a opposé à la marquise de Manicamp et nous vous encourageons à lui présenter des excuses.

Là c'en fut trop pour son interlocutrice qui perdit son sang-froid :

— Jamais, jamais je ne m'abaisserai à cela ! C'est une vipère, vicieuse et insupportable !

— Madame, vous ferez selon notre bon plaisir et vous vous garderez à l'avenir de vous quereller en public, les vilenies que l'on m'a rapportées sont indignes de vous.

Henriette-Anne se retint in extremis d'en proférer de plus graves. La marquise, cousine du chevalier de Lorraine, prenait un malin plaisir à souligner toutes ses dépenses devant Monsieur. L'odieuse manipulatrice était parvenue à convaincre le duc de sa légitimité à baisser de façon drastique les frais de la maison de son épouse afin d'augmenter les siens, ce qui avait obligé Minette à se séparer de plusieurs domestiques qu'elle avait eu la désagréable surprise de retrouver le soir même au service de la marquise lors du souper où son mari l'avait obligée à l'accompagner. Elle avait donc quitté les lieux avec fracas en déclarant que, chez les Turcs, certaines pratiques comme celles de couper la langue et de crever les yeux des intrigants seraient fort appropriées pour récompenser l'outrecuidance de son hôtesse.

— Vous pouvez vous retirer maintenant, conclut le roi d'un ton froid, lui signifiant par là qu'il n'avait pas apprécié l'algarade.

Elle eut l'impression d'avoir reçu une gifle. Malgré la foule des courtisans attendant, tels des hyènes, l'issue de l'entretien, elle ne put retenir ses larmes et sortit tête basse, incapable de dissimuler qu'elle était à bout de nerfs. Les familiers du chevalier de Lorraine, notamment la marquise de Manicamp, s'en réjouirent mais ils eurent tort. Voir la défaite de Madame en incita plus d'un à la sympathie et ils furent nombreux à foudroyer du regard ceux qui osaient sourire. Des proches durent retenir Vittorio Dandolo Della Farnese de provoquer le chevalier en duel. La suite de la journée fut consacrée aux ragots créés par l'événement. Le roi ne se montra pas, préférant s'enfermer dans son cabinet personnel avec le fidèle Colbert, pour une longue séance de travail dédiée à son cher Versailles.

À la nuit tombée, la plupart des invités, n'ayant pas de logement dans le palais en construction, repartirent. La reine Marie-Thérèse regagna tôt ses appartements, victime d'une indigestion de chocolat qui avait provoqué une de ses crises de hoquet habituelles. Ses bouffons allaient tenter de l'éradiquer par le rire, tâche aisée avec cet esprit simplet. Petite rondouillarde au faciès lourdement marqué par son sang Habsbourg, Marie-Thérèse, avec ses dents gâtées, son haleine aillée, ses grossesses multiples et ses sempiternelles dévotions, ne possédait rien pour ravir son royal époux et même sa légendaire ardeur au lit ne le retenait pas plus que son devoir ne l'exigeait.

Louis dînait donc en compagnie de ses deux autres compagnes : Louise de La Vallière, ancienne maîtresse jadis aimée, à l'embonpoint proportionnel aux avanies infligées par la nouvelle favorite : Françoise de Rochechouart, marquise de Montespan, qui préférait se faire appeler Athénaïs. Cette dernière espérait bien finir la soirée en tête à tête avec son auguste amant mais Louis avait des projets différents : continuer l'examen des comptes avec Colbert dans l'optique de dégager de nouveaux subsides destinés à l'aménagement de Versailles. La jeune femme cacha sa déception et se consola en rudoyant la pauvre Louise comme à l'accoutumée.

Le suzerain, soulagé de les abandonner à leurs incessantes querelles, rejoignit son cabinet de travail où œuvrait toujours son ministre.

Colbert, connaissant son maître, le laissa à loisir examiner les plans et programmer la suite des embellissements, se contentant de modérer les dépenses à venir avant de discuter du véritable objet de ses préoccupations.

— Allons mon bon, fit avec ironie le monarque, nous savons que vous n'avez cure de la construction de notre palais puisque vous lui préférez le Louvre, aussi si vous êtes encore là à cette heure tardive alors que nous avons déjà passé l'après-midi ensemble c'est qu'il y a un sujet que vous souhaitez à tout prix aborder. Parlez, nous vous écoutons.

— Votre Altesse, votre entrevue de ce matin avec Madame a beaucoup fait jaser.

— Qu'on jase, quelle importance !

— C'est qu'il serait bon, Sire, de ménager votre belle-sœur.

— Continuez…

— La domination économique que souhaitent nous imposer les Hollandais est intolérable. Nous ne pouvons plus longtemps accepter de payer les droits faramineux qu'ils exigent afin d'autoriser nos produits à franchir leurs frontières.

— Croyez-vous que nous ayons oublié leur participation à la Triple-Alliance [1] ? Les Provinces-Unies peuvent être soumises à notre bon vouloir, je ne crains pas le combat.

Comme pour faire écho à ses propos, Louvois, ministre de la guerre, effectua son entrée. Les deux hommes se saluèrent sans chaleur. Ils éprouvaient une inimitié réciproque accentuée à cet instant car Louvois, ayant entendu la dernière remarque de Louis XIV, n'appréciait pas l'intervention du secrétaire d'État à la maison du roi dans ce qu'il considérait être son pré carré. Colbert prit rapidement congé

1. Union conclue à La Haye le 23 janvier 1668 entre l'Angleterre, la Suède et les Provinces-Unies pour bloquer Louis XIV dans sa conquête des Pays-Bas espagnols.

sachant que sa présence n'était plus souhaitable. Louvois attendit que les portes soient refermées derrière lui avant de parler.

— Sire, la victoire ne se gagnera pas uniquement sur les champs de bataille…

— Nous avons parfaitement conscience de la nécessité de nous assurer du soutien anglais.

— Une alliance avec Charles II est incontournable…

— Pas à n'importe quel prix. Ses prétentions sont exorbitantes !

— Il se montre en effet fort gourmand et ne paraît guère empressé à daigner entériner nos tractations initiales. Madame, en tant que sœur du roi tendrement aimée, pourrait nous être d'un grand secours.

— C'est indéniable, nous devrions l'envoyer en ambassade extraordinaire pour finir de convaincre son frère. Cela fait neuf ans qu'ils ne se sont vus et leurs courriers révèlent le grand plaisir qu'ils auraient à le faire. Vous avez raison, il est temps d'abattre cet atout… de charme.

— Il serait bon dans ce cas de protéger la duchesse des outrances de Monsieur si l'on souhaite la mettre dans les meilleures dispositions en vue d'accomplir cette mission délicate.

Louis se rembrunit. Cela n'allait pas être facile.

— Nous allons y réfléchir.

Le roi allait ajouter quelque chose lorsqu'il y eut dans l'antichambre jouxtant le cabinet une agitation inhabituelle. Soudain Colbert réapparut dans un état de nervosité insolite chez cet être au sang-froid légendaire.

— Votre Majesté, je vous prie d'excuser cette interruption, cependant il me faut vous en référer au plus vite.

Louvois marqua son irritation par un raclement de gorge mais l'émoi de son rival lui fit comprendre qu'il devait y avoir une bonne raison à un tel comportement et il préféra se retirer. Louis XIV ne cacha pas alors son mécontentement envers Colbert.

— Nous espérons que vous avez une excellente excuse pour surgir ainsi à une heure qui n'est plus la vôtre.

— Je le crains, Altesse.

Le roi n'avait jamais vu son conseiller déstabilisé de la sorte.

— Que se passe-t-il donc ?

— On vient de découvrir un cadavre dans les jardins du château, au milieu du bassin des cygnes où il n'y avait point d'eau. Il s'agit du corps de la marquise de Manicamp.

— Qu'est-ce à dire ?

— On l'y a apparemment déposée après l'avoir étranglée et lui avoir crevé les yeux et arraché la langue.

Louis se figea sur son siège et pâlit au souvenir des paroles prononcées par sa belle-sœur.

— Où est Madame ?

— La duchesse a quitté Versailles avec ses gens dès la fin de votre entrevue. Le crime a été commis plusieurs heures après car la marquise a pris congé de ses amis en fin d'après-midi.

Le suzerain éprouva un bref soulagement.

— Hélas Majesté ce n'est pas tout… La malheureuse avait le chiffre V gravé à l'arme blanche sur l'épaule.

Louis se leva d'un bond. Lèvres pincées, il tritura un instant sa fine moustache. Les premiers meurtres : un contremaître, ses deux ouvriers, retrouvés mutilés dans les baraquements du chantier, puis un garde, la nuit du grand divertissement royal, l'avaient certes contrarié puisqu'on bravait son autorité sans toutefois réellement l'inquiéter. Mais les événements prenaient là une tout autre tournure : on avait osé s'en prendre à une personne de sa cour dans l'enceinte de son château. Le souverain y voyait une véritable déclaration de guerre : l'assassin se permettait de le narguer. Pour cela il mourrait et de fort méchante manière.

— Ce crime doit être tu. Emportez la dépouille hors de Versailles, arrangez-vous de manière à l'enterrer rapidement en évoquant une maladie contagieuse, foudroyante et faites immédiatement appeler La Reynie.

Colbert s'inclina et partit se charger de cette mission avec la même question lancinante à l'esprit que son maître : qui était assez fou pour provoquer de la sorte le roi de France en souillant Versailles du sang de ses victimes ?

4

Château de Saint-Germain-en-Laye, début décembre 1669

Il régnait à Saint-Germain une effervescence digne des plus grandes réceptions car c'était aujourd'hui [1] que le roi recevait en entretien particulier Soliman Aga, l'envoyé du sultan turc. De la cour du vieux château jusqu'au château neuf, les gardes françaises et suisses avaient pris position, suivies de près par les deux compagnies des mousquetaires du roi arborant plumet et écharpe, fringants dans leurs habits de velours noir aux gros boutons en cuivre doré. Tout le monde était au garde-à-vous dans l'attente du fameux émissaire qui fit son entrée au milieu de l'après-midi.

Vêtu d'une modeste veste de satin blanc, d'une tunique orangée doublée de zibeline un peu passée, coiffé d'un turban de mousseline à tissus d'or élimé, il était accompagné d'une vingtaine de ses gens en robes verdâtres et aux bandeaux poussiéreux,

1. Le 5 décembre et non le 1er novembre comme indiqué trop souvent par erreur.

l'ensemble n'engendrant guère grand effet. Accoutumée à plus d'apparat en cas d'audience royale, l'assistance fut surprise et presque déçue de s'être massée dans la galerie du château neuf. Transformée pour l'occasion en salle de réception, on l'avait décorée des plus belles tapisseries de la couronne avec des étoffes peintes à la main retouchées par Lebrun, de somptueux tapis, meublée avec de grandes tables en argent tout comme les vases, guéridons, miroirs et caisses d'orangers artistiquement déposés afin d'en faire un lieu exquis rassemblant les plus beaux objets du palais. La splendeur des ornements ne parut guère émouvoir Soliman Aga. Il avança vers le fond de la salle où le roi patientait, assis sur un trône surélevé, superbe dans un habit de brocart d'or recouvert de diamants, coiffé d'un chapeau scintillant de pierreries surmonté d'un bouquet de plumes blanches, avec à sa droite Monsieur, son frère. La piètre allure des Turcs contrastait avec la magnificence affichée par leur hôte et l'élégance des toilettes des membres de la cour répartie des deux côtés de la galerie. Après moult révérences, l'envoyé du Levant sortit d'un sac de soie dorée la lettre de son maître et réclama qu'elle soit lue, désirant manifestement que Louis XIV se lève et la prenne. Il y eut un moment de flottement lorsque l'on comprit qu'il avait la prétention d'obliger le roi à s'en saisir immédiatement, là où l'usage requérait que le monarque la lise plus tard avec ses conseillers. L'insistance du Turc à tenter de contraindre le roi à se mettre debout choqua l'assemblée et l'on guetta l'attitude du suzerain. Agacé, ce dernier fit intervenir le chevalier d'Arvieux pour que le malotru lâche sa missive, ce qu'il consentit finalement à accomplir mais sans chercher à cacher son mécontentement face à ce qu'il considérait être une offense vis-à-vis de son maître. Obnubilé par les honneurs qu'on lui devait en tant que son représentant, il ne mesurait pas la bêtise de vouloir faire plier l'un des plus puissants souverains d'Europe.

L'Ottoman se retira donc bouche pincée, l'air outragé, inconscient d'avoir compromis sa mission. Aussitôt la foule des courtisans entoura le roi, avide d'épier sa réaction devant le dédain affiché par l'ambassadeur malgré la splendeur de la réception donnée en son honneur. Louis n'émit aucun commentaire et se rendit directement dans ses appartements, le visage de marbre, laissant l'aréopage vrombissant sur sa faim. Au bout d'un moment, comme on n'avait plus rien à en dire, on se mit à parler des événements récents dont le trépas subit de la marquise de Manicamp.

— C'est insensé, ne cessait de répéter avec effroi une petite dame corpulente, au moment où nous nous sommes quittées pour souper elle paraissait en pleine santé et j'apprends qu'elle est trépassée dans la nuit. Dans la nuit ! articula-t-elle, toujours incrédule.

— Vous avez eu de la chance comtesse.

— Comment cela ?

— Diantre, reprit son interlocuteur, ravi de l'effrayer, vous auriez pu vous aussi être victime de la terrible infection qui l'a emportée en quelques heures. On raconte que le mal a été si foudroyant qu'on a préféré brûler sa dépouille et tous ses effets personnels.

— Et les médecins qu'ont-ils dit ?

— Comme d'habitude, à part leurs sempiternels purges et saignements ils ne sont d'accord que sur pas grand-chose et ignorent ce qui a pu déclencher une mort si rapide.

— On ne devrait pas écarter la possibilité d'un empoisonnement vu la rosserie de la défunte et l'importance des biens qu'elle lègue à ses héritiers, osa déclarer une aristocrate jetant le trouble parmi ses pairs.

Au cœur de la foule, Malo de Rohan Montauban, accompagné d'Arnaud de Saldagne, ne perdait pas une miette des propos prononcés. Il était au château à la demande de La Reynie en vue d'observer les réactions des courtisans à l'annonce du sort de la marquise, chargé d'établir la liste de ceux que son décès réjouissait et de s'assurer que rien n'avait transpiré des conditions réelles de sa disparition. La tâche allouée à Malo, jugée aisée au départ, se compliquait notablement car la plupart des personnes présentes semblaient se féliciter ouvertement de la nouvelle et peu mâchaient leurs mots à l'encontre d'une femme communément détestée.

— Vous n'êtes pas plus avancé maintenant, remarqua Arnaud, amusé devant l'ampleur des gloses. À ce compte-là je crains qu'on ne puisse rayer quiconque de la liste des suspects.

— Un seul tout de même, répondit l'ancien officier en conservant sa bonne humeur, désignant discrètement le chevalier de Lorraine.

— Ah ça, ce drôle-là vous pouvez l'exclure à coup sûr. La marquise aurait tué père et mère afin de lui être agréable et c'était sa plus fidèle complice. Franchement je n'ai jamais compris l'attirance qu'exerce ce sodomite sur la gent féminine. Il est certes doté d'un physique avantageux, néanmoins il ne faut pas être grand clerc pour entrevoir le vice qui l'habite et révèle sa méprisable nature.

Malo détailla le personnage : très bel homme, il affichait une élégance sophistiquée, subjuguant ces dames qui tournaient autour de lui en un ballet énamouré, conquises par son charme de séducteur au regard froid. Arnaud lui confia alors les exploits du chevalier : certains à la cour auraient aimé le précipiter dans les bras de Madame, cependant il n'y avait pas beaucoup d'avantages à devenir son amant. Aussi avait-il préféré ceux de Philippe d'Orléans, toujours prodigue avec ses mignons, malgré son manque de goût pour ses caresses acceptées uniquement par appât du gain. Depuis son entrée dans les grâces de Monsieur, il ne cessait d'ourdir de sombres complots à l'effet de se débarrasser de tous ceux qui le gênaient. Il n'hésitait pas à rudoyer Henriette-Anne quand elle se rebellait, transformant son époux en persécuteur, l'encourageant à la harceler sans relâche au sujet de ses dépenses, de ses amants réels ou supposés, de son incapacité à plaider sa cause auprès de son frère le roi pour qu'il obtienne plus de prérogatives... L'insolence du chevalier allait jusqu'à s'être porté garant envers Louis XIV de la future bonne conduite de Philippe comme si le duc n'était qu'une simple marionnette subordonnée à sa volonté.

Malo détectait dans son cas un pervers aux ambitions dévorantes et à la mentalité putassière, toutefois il était certain que ce n'était pas l'individu avec lequel il s'était battu dans les jardins de Versailles l'année précédente : trop grand, pas assez charpenté. Notre commissaire était convaincu qu'il perdait son temps à Saint-Germain, il était intimement persuadé que les homicides n'avaient rien à voir avec des complots de cour. Un pressentiment lui soufflait que la réponse se nichait à Versailles et nulle part ailleurs : c'était en démêlant les fils de la genèse des premiers crimes que l'on débusquerait l'assassin.

— Si vous en avez terminé avec vos observations voulez-vous m'accompagner à l'hôtel Bessières ? Cela ravirait Louise, vous savez combien vous lui manquez lorsque vous vous absentez trop longuement, dit Arnaud en l'entraînant d'un mouvement d'épaule.

Malo esquissa un sourire. Louise de Saldagne s'était occupée de lui pendant son adolescence avec une sollicitude toute maternelle et c'était bien la seule, avec Nolwenn, à s'arroger encore cette prérogative. Il remarqua le visage du marquis de Saldagne se rembrunir et comprit que ce dernier s'inquiétait pour François qu'ils hébergeaient depuis son arrivée à Paris, et qui tournait tel un lion en cage dans la demeure familiale, fou d'inquiétude au sujet de Charlotte. En dépit de tous leurs efforts et des réseaux de l'habile enquêteur on ne parvenait pas à la retrouver.

— Allons-y, je m'en voudrais de négliger l'invitation de Louise et cela fait longtemps que je n'ai pas vu Constance.

En entendant le prénom de sa fille la figure d'Arnaud s'illumina. Après de multiples fausses couches, Louise avait enfin réussi à mettre au monde leur enfant, transformant l'hôtel Bessières en pouponnière géante destinée à choyer la petite, adorable mais pourvue d'une santé fragile. Constance était actuellement l'unique être capable de dérider François, écrasé par une culpabilité mêlée à une irrépressible colère vis-à-vis de Charlotte, ce qui lui rongeait le cœur.

Le chevalier était bien décidé à ne rentrer à Mont Menat qu'avec la fugueuse, pressé de rejoindre Nolwenn restée au chevet de Philippe, laissé pour mort après un duel avec René d'Arcourt, déclenché par les insanités que ce dernier avait osé proférer à l'encontre de sa jumelle. La fuite de Charlotte avait déstabilisé sa propre famille tout en détruisant celle des d'Arcourt, dressant les deux frères l'un contre l'autre : Thomas voulait pardonner et ne pas renoncer à son amour alors que René ne rêvait que de punir la créature qui avait déshonoré les siens. Il avait menacé Philippe des pires représailles si sa « catin de sœur » osait reparaître dans la région et le jeune homme, quoique désapprouvant le comportement de sa jumelle, s'était senti obligé de la défendre épée à la main. Malheureusement, et malgré sa vaillance, René d'Arcourt, excellent bretteur, l'avait grièvement blessé. Lorsque ses amis l'avaient reconduit chez lui, inconscient sur une civière, aucun ne croyait qu'il en réchapperait tant il avait perdu de sang. Pendant deux jours, dans un état critique, il avait été veillé par ses parents avant de miraculeusement revenir à lui et d'entamer une convalescence qui s'annonçait longue. Nolwenn lui avait alors accordé tout son temps, exhortant François à s'abstenir de demander des comptes aux d'Arcourt, le duel ayant été mené selon les règles et devant témoins. D'ailleurs René, persuadé d'avoir tué Philippe, demeurait introuvable à la requête de sa mère qui craignait les conséquences d'un combat interdit par la loi, même si elle était souvent enfreinte par l'aristocratie. Nolwenn avait donc convaincu son époux de concentrer ses efforts sur Charlotte et de mener en personne les recherches à Paris. À l'annonce du rétablissement de Philippe, Thomas avait proposé son aide pour ramener celle qu'il considérait malgré tout comme sa fiancée mais François, impatient de rallier la capitale, avait refusé son offre.

Malo et Arnaud récupérèrent leur monture et arrivèrent dans l'après-midi à l'hôtel Bessières. Louise les accueillit dès le perron.

— Je suis heureuse de vous voir !

— Qu'y a-t-il ma douce ? voulut savoir le marquis de Saldagne toujours très protecteur envers son épouse à la sensibilité à fleur de peau, perpétuellement inquiète vis-à-vis de Constance.

— François est parti il y a plusieurs heures à la taverne des Trois Portes et il n'est pas encore revenu alors qu'il avait promis à Constance une partie de dames. Il était dans un tel état de nerfs… Je me fais du souci.

Le chevalier de Rohan Montauban connaissait bien Simon Lescoffier, le propriétaire de l'auberge dont le fils aîné tenait désormais les rênes. Grâce à ses relations, il espérait obtenir des informations sur le séducteur pour lequel sa fille avait pris le risque de monter à Paris, comme sa piste l'indiquait.

— Ma mie, il aura oublié l'heure en discutant avec de vieilles connaissances, rien d'alarmant je vous assure, dit Arnaud en la serrant contre lui.

À chaque fois, ce simple contact suffisait à apaiser sa femme et elle put enfin se réjouir de saluer Malo.

— Mon cher, j'aurais aimé vous recevoir à souper mais il y a un garçon qui vous réclame à l'office depuis plus d'une heure et je crains que votre devoir ne vous appelle en d'autres lieux.

Malo s'excusa auprès de ses hôtes et se dirigea vers les cuisines où il reconnut Grenouille, l'un de ses indicateurs.

— Que fais-tu ici ?

— Je vous attendais, vu que vous m'aviez dit que je vous trouverai ici ou au Châtelet j'ai envoyé mon frérot là-bas et moi me voilà.

— Fin renard, tu savais que céans tu serais au chaud et qu'on t'offrirait un bon bol de bouillon, fit Malo amusé par le visage guilleret du bougre, repu après avoir fait honneur au repas servi selon les consignes de Louise. Qu'as-tu découvert ?

— On a dégoté votre bourreau des cœurs, il a été aperçu au Chat-Huant. Il y est peut-être encore…

— Dans ce cas ne perdons pas une minute, tu m'apprendras la suite en chemin.

Malo prévint discrètement Arnaud en lui enjoignant de ne surtout pas l'annoncer à son cousin pour l'instant, puis il fonça aux écuries reprendre son cheval, hissa son informateur en croupe et partit au galop.

Non loin de là, François était en grande discussion avec celui qu'il avait rencontré en secret dès son arrivée à Paris, persuadé de pouvoir enfin mettre la main sur le suborneur de sa fille grâce à lui. En dépit d'une mauvaise toux, Jean-Baptiste Poquelin avait reçu avec chaleur François de Rohan Montauban lorsqu'il s'était fait annoncer. Molière gardait un souvenir ému de cette journée de l'été 1651 où il avait assisté aux retrouvailles du chevalier et de son épouse puis à l'accouchement de leurs jumeaux [1]. Bien que cela fasse longtemps qu'il n'ait plus utilisé Mont Menat comme étape dans ses pérégrinations sur les routes de France, il maintenait des relations épistolaires avec Nolwenn et avait été averti de leurs craintes concernant Charlotte. François commença par remercier le comédien de l'aide qu'il lui apportait.

— C'est normal mon ami, vous m'avez autrefois fort courtoisement offert votre hospitalité et si à mon tour je puis vous rendre service ce sera avec grand plaisir. Asseyez-vous je vous en prie… Mon valet est sur les pas du scélérat et m'a promis de me fournir une adresse à son retour. Il ne devrait pas tarder, conclut-il en regardant sa montre à gousset.

François maîtrisa son impatience et s'enquit poliment de la santé de son hôte assailli par des quintes de plus en plus violentes.

— Ne vous inquiétez pas… ce n'est qu'un simple refroidissement, mais cela m'épuise à un moment où je dois absolument avancer ma pièce pour ne pas déplaire au roi. Il vient de me commander une comédie-ballet et les délais sont si courts… Je crains de ne pas être prêt à temps à cause de ce satané rhume.

— Sur quel thème travaillez-vous ?

— C'est là que le bât blesse… Sa Majesté et Mme de Montespan m'ont juste indiqué qu'ils souhaitaient voir deux princes s'opposer dans le but de séduire la même femme en rivalisant en fêtes magnifiques. Avouez que le sujet est un peu mince… D'autant que l'on ne m'a accordé que deux mois

---

1. Voir *Le Jeu de dupes*.

pour le monter. Une véritable gageure... Et ce diable de Benserade qui fait d'habitude les livrets est tombé en disgrâce ! Cet âne bâté n'a rien imaginé de mieux que d'annoncer dans un horoscope la fin du règne de notre belle marquise. La favorite n'a point d'humour lorsque l'on s'attaque à sa personne... Heureusement je peux compter sur Lulli, il a déjà composé l'ouverture instrumentale.

— Vous allez relever ce nouveau défi avec talent, je n'en doute point, lui répondit François avec conviction, sincèrement admiratif de l'ascension du comédien itinérant devenu auteur de prédilection du roi.

— Je l'espère, je l'espère... Ah, j'entends le pas pressé de Colin. Alors mon brave, as-tu les informations que tu m'avais promises ? demanda-t-il à son domestique à peine entré.

— Oui-da, mon maître. Le coquin que vous cherchez a été chassé de sa troupe, rapport aux maris jaloux qu'il semait sur son passage. Il s'est mis en ménage avec une jeune actrice appartenant à un groupe qui prête main-forte à ceux du Marais pour monter le spectacle prévu au château de Versailles à la fin de l'Avent. On l'aurait embauché comme figurant grâce à elle.

— Et où se terre-t-il ? intervint François.

— La compagnie dispose d'un baraquement au château dédié aux répétitions, vous ne pouvez pas le louper.

Le chevalier témoigna sa gratitude à Molière et lui souhaita bonne chance dans l'écriture de la nouvelle commande royale avant de se retirer. Jean-Baptiste l'observa par la fenêtre prendre la direction de Versailles, songeant que les années n'avaient décidément pas tempéré le caractère de feu de son ami. Si sa fille en avait hérité, leurs aventures étaient loin d'être terminées. Il ne se doutait pas à quel point la suite des événements allait lui donner raison. Charlotte, pour son plus grand malheur, avait réussi à obtenir les mêmes indications et arrivait en vue des grilles du château, persuadée, la pauvrette, d'être en mesure de reconquérir son bel Italien, ignorant qu'une silhouette à l'affût guettait déjà sa future proie.

5

Château de Versailles, début décembre 1669

La fin d'après-midi hivernale commençait à projeter son manteau d'ombre sur les habitations, pour la plupart en construction, du bourg versaillais, incitant les rares passants mordus par le froid à se hâter d'aller se réchauffer auprès d'un bon feu. Serrant son manteau contre elle, Charlotte avançait tête baissée, remerciant la providence de lui avoir permis de faire le trajet aux côtés d'un marchand ambulant, soucieux du sort d'une jeune fille seule sur les routes, par ce temps et à cette heure. Elle avait dû lui mentir en prétendant rejoindre des parents à l'auberge du Repos afin qu'il accepte de la laisser devant l'établissement. À peine avait-il repris son chemin que la fugueuse poursuivait sa marche vers Versailles.

Depuis son départ de Mont Menat, Charlotte, jusqu'alors très choyée, avait pour la première fois affronté les aléas de la vie, conséquence d'un départ précipité. Miraculeusement délivrée des entraves d'une grossesse non désirée, elle était convaincue qu'elle pourrait retrouver son amant et partager avec lui l'extraordinaire destinée des comédiens de troupe qu'il lui avait décrite. Lorsqu'elle lui avait annoncé son état, il lui avait expliqué son incapacité à assurer sa subsistance et celle de l'enfant à naître, l'encourageant à se montrer raisonnable.

— Si tu n'étais pas enceinte, mon amour, nous aurions pu fuir ensemble, mais là, c'est inenvisageable.

Ses paroles résonnaient toujours dans son esprit. Bien sûr avec un nourrisson rien n'était possible ; en revanche, débarrassée de ce fardeau, elle était persuadée qu'il changerait d'avis pour l'accueillir bras ouverts à Paris, ville de toutes les promesses. Elle s'imaginait avec lui, exaltée par l'idée d'être indépendante, loin de la férule de son père et d'un encombrant jumeau trop enclins à lui imposer leurs choix en la surprotégeant. Une vie libre remplie de festivités au cœur de la capitale : le rêve ! C'était donc instinctivement qu'elle avait choisi de le rattraper, avec pour simple équipage son cheval et une sacoche contenant un change, quelques bijoux et une miche de pain.

Les deux premiers jours elle avait chevauché sans relâche et avait peu dormi, épuisant sa monture à maintenir un rythme soutenu. Puis elle avait dû se rendre à l'évidence : sa pouliche ne tiendrait pas à une telle allure, ni elle d'ailleurs. Elle avait donc décidé de faire halte dans une auberge où elle faillit se voir refuser l'entrée par la tenancière, peu enthousiaste à l'idée d'héberger une jeune fille non chaperonnée sous son toit. Elle avait été tirée d'affaires par un charmant aristocrate n'hésitant pas à voler à son secours en se prétendant son cousin, ce qui lui avait permis de prendre une chambre à côté de la sienne. Mise en confiance, Charlotte lui avait confié ses projets.

— L'amour, mademoiselle, quoi de plus beau ! s'était exclamé son sauveur en lui offrant à souper.

Le lendemain, après une nuit reposante, Charlotte était redescendue l'attendre afin de voyager avec lui comme il le lui avait suggéré. Lorsqu'elle avait appris par la patronne qu'il était parti de bon matin avec sa monture en annonçant qu'un parent allait venir la chercher en carrosse, Charlotte s'était emportée et avait reproché à la commerçante de ne pas l'avoir empêché de s'emparer de sa jument.

— Mais enfin mademoiselle, vous en avez de bonnes ! Ne m'aviez-vous pas affirmé que c'était votre cousin, comment aurais-je pu me douter ?

Admettant sa bêtise et l'injustice de ses récriminations, la naïve avait regagné sa chambre, penaude, et y reçut le coup de grâce en constatant que l'indélicat lui avait, en outre, fait les poches. Il ne lui restait que ce qu'elle portait sur elle et sa note, dont le fameux repas prétendument « offert ». L'aubergiste n'était pas une méchante femme et elle comprit que l'innocente payait cher sa candeur, aussi lui proposa-t-elle de prévenir sa famille. Charlotte n'imaginait que trop le regard paternel chargé de réprobation, les quolibets de son jumeau et ils penchèrent plus lourds dans la balance que la douce promesse du réconfort maternel. Mis à part son orgueil, la peur de faire demi-tour et d'être conduite au couvent par un père à la colère légitime l'emporta sur toute autre considération, d'autant que l'idée d'affronter le pauvre Thomas après ce qu'elle lui avait fait subir s'avérait au-dessus de ses forces. Même si elle n'éprouvait pas envers lui de sentiments amoureux, elle lui portait néanmoins assez d'amitié pour ressentir une honte profonde au souvenir de l'humiliation qu'elle lui avait infligée.

Pourtant, depuis qu'elle avait connu les caresses de Jacomo, elle savait qu'elle n'épouverait jamais cela avec Thomas et elle ne pouvait se résoudre à accepter une existence dépourvue des plaisirs charnels découverts dans les bras du beau Calabrais. Charlotte possédait un tempérament sensuel et, à peine pubère, avait déjà été punie après avoir déjoué la surveillance de son frère afin d'aller danser aux bals des villages voisins, grisée par la proximité des corps des cavaliers qui la faisaient virevolter. Ses amourettes n'avaient jamais dépassé le stade du simple béguin jusqu'à l'apparition de Jacomo avec son rire, sa voix enjôleuse aux intonations chaudes, sa désinvolture et ses mains si habiles à l'affoler de désir. Profitant du spectacle donné chez les d'Arcourt, il avait fait monter sur scène des jeunes filles de bonne famille et lui avait glissé dans la poche un petit billet l'invitant à le rejoindre ce soir-là dans la grange abandonnée sur le chemin de Mont Menat. Charlotte n'était pas sotte, elle avait bien remarqué qu'il faisait du charme à toutes les adolescentes, toutefois son poème avait su la convaincre qu'elle était la seule à faire battre son cœur. L'embrasement des sens lui ôta tout esprit critique car leurs effleurements répétés avaient mis la pucelle dans un état d'excitation insensé et rien ne compta plus à part s'enivrer de son odeur, toucher son corps et se livrer à lui. Bravant tous les interdits elle avait couru dans la nuit s'unir à celui qui l'avait envoûtée. Même dotée de plus d'expérience, il lui aurait été difficile d'échapper à son initiateur tant

Jacomo maîtrisait l'art de l'amour. En l'accueillant il l'avait embrassée avec gourmandise, la débarrassant de sa cape, se contentant de la caresser à travers l'étoffe de sa robe pour finir par effleurer le bout de ses seins qu'il avait fait jaillir de leur décolleté. C'était Charlotte qui avait ôté sa tenue, pressée de sentir sa peau contre la sienne. Il l'avait forcée à attendre, gémissante, tandis qu'avec sa langue il s'attardait avec dextérité sur les méandres de son sexe offert, explorant sa moiteur en virtuose jusqu'à ce qu'elle le supplie de la prendre. Il l'avait alors saisie par la taille et, avec lenteur, avait pénétré sa chair délicate, ondulant avec précaution puis sans l'ombre d'une hésitation, lui causant un mélange de plaisir et de souffrance indescriptible avant de pleinement la posséder dans un tourbillon de volupté dont l'intensité la submergea. Il était devenu son dieu, son maître, son héros, conteur hors pair pouvant la captiver des heures en parlant de son art, de ses voyages, la transformant en créature entièrement soumise à ses désirs et heureuse de l'être. L'insouciance avait disparu avec l'apparition de nausées concomitantes à un retard de menstruations qui n'avait pas manqué d'alerter l'éphèbe : elle l'avait surpris en train de préparer son baluchon. Il avait tout essayé en vue de lui faire accepter le mariage proposé par sa mère, mise dans la confidence et horrifiée de découvrir l'état compromettant où l'avaient plongée ses incartades. Seule une union avec Thomas d'Arcourt pouvait réparer l'outrage. Thomas, son compagnon de jeux, son confident, son meilleur ami, l'amoureux silencieux prêt à protéger de l'opprobre celle qu'il aimait depuis toujours et à élever son bâtard. Certes, elle éprouvait à son égard un attachement réel, cependant comment aurait-elle pu l'épouser après avoir connu la véritable passion ? Autre chose la poussait à rejeter ce mariage : elle redoutait de vivre sous le même toit que son frère, René, être brutal pourvu d'une séduction agressive qui ne supportait pas qu'on lui résiste et dont elle avait repoussé les avances. Toutes ces raisons l'empêchaient de faire marche arrière.

Devant sa détresse, la brave tenancière décida de ne pas appeler les hommes du prévôt mais demanda en échange à la demoiselle de travailler afin de payer son dû. Charlotte se vit donc contrainte d'aider en cuisine et de faire les lits, ce qui émoussa nettement sa soif d'indépendance, néanmoins son orgueil fut le plus fort, elle tint bon. Si elle voulait retrouver son amant il lui fallait gagner un petit pécule, ce à quoi elle se consacra pendant plusieurs semaines. La patronne n'abusa pas de la situation et lorsque la jeune fille fut prête elle lui dégota une voiture à destination de Paris.

— Mon petit j'espère que vous savez ce que vous faites. Prenez soin de vous.

Charlotte lui fit longuement signe de la main puis affronta les cahots de la route tout en s'efforçant de ressentir son bel enthousiasme des débuts. En franchissant les portes de la capitale, elle éprouva la tentation de courir se réfugier à l'hôtel Bessières où son oncle, le marquis de Saldagne, et sa tante, l'adorable Louise, l'auraient reçue à bras ouverts. Néanmoins, une fois de plus, elle mit de côté la voix de la raison.

Jacomo lui avait parlé du célèbre Chat-Huant près des jeux de paume, son repaire favori, là où les comédiens se regroupaient pour réciter des vers dînant parfois à la table de Molière ou d'un autre personnage illustre. Elle s'y était donc rendue et son désarroi avait été grand en découvrant une gargote malodorante où la racaille se soûlait et courait la gueuse, et avait été choquée au spectacle de filles souvent moins âgées qu'elle qui incitaient le chaland à venir les prendre à l'abri des porches de la ruelle voisine contre quelques piécettes. Un moment elle crut s'être trompée d'établissement mais le patron connaissait le Calabrais et lui apprit l'exclusion de sa troupe avant de l'informer qu'il travaillait maintenant à Versailles. Les rires de l'assemblée l'accompagnèrent lorsqu'elle ressortit.

— Tu cherches Jacomo ma belle, allez viens, on a de quoi te réchauffer aussi bien que ton séducteur d'opérette. Ce sera pas la première fois !

L'assurance de Charlotte avait définitivement volé en éclats sous les quolibets des ivrognes dégoisant à l'envie les exploits du célèbre coureur de jupons. Pour la première fois elle craignit d'avoir commis une terrible erreur et c'était en pleurs qu'elle avait couru à l'extérieur afin d'échapper à leurs sarcasmes, manquant de peu d'être renversée par un marchand ambulant qui, alarmé par sa mine défaite, avait décidé de l'emmener à Versailles, là où elle prétendait avoir de la famille. Le colporteur avait hésité un instant à l'y déposer mais il était pressé et la jeune fille paraissait sûre d'elle.

Les grilles du château enfin en vue, Charlotte pria de toutes ses forces qu'on la laisse se blottir dans les bras de Jacomo. Le garde en faction ne fit aucune difficulté, Louis XIV souhaitait que les promeneurs aient accès aux jardins pour admirer son palais, et lui indiqua le baraquement où s'entassaient les comédiens entre deux répétitions. Elle arrivait à la fin d'une journée de dur labeur. Les acteurs du Marais, en compétition perpétuelle avec la troupe de Molière, voyaient là une occasion de donner la mesure de leur talent et ne ménageaient pas leur peine. Les artistes étaient pressés de faire un bon repas. Son entrée attira tous les regards de la petite troupe appelée pour aider celle du Marais à monter une pièce mythologique écrite par Donneau de Visé prévue fin décembre au château, Molière étant accaparé par la rédaction des cinq actes des *Amants magnifiques*. Leur chef s'avança vers l'intruse.

— Puis-je vous aider ?

Charlotte s'éclaircit la gorge :

— Je me nomme Charlotte de Rohan Montauban et je désire m'entretenir avec l'un d'entre vous, Jacomo…

— Il n'y a qu'un Jacomo parmi nous et c'est une bouche de plus à nourrir puisque ma folle de fille a eu l'idée de nous l'imposer, l'interrompit le comédien.

D'un coup d'œil il avait jaugé la demoiselle et n'éprouvait aucunement l'intention de perdre son temps avec une donzelle énamourée comme il y en avait tant, doutant, vu sa mine, du patronyme dont elle arguait. Un jeune garçon qui observait la scène avec les autres assis près de la porte sursauta en entendant ces propos et fila ventre à terre. Charlotte devant tous ces visages hostiles ne se désunit pas.

— Je dois lui parler.

— Lui n'a rien à vous dire ! intervint une brunette aux charmes généreux qui s'avança tout en faisant signe à Jacomo, installé un peu plus loin, complètement sidéré par cette apparition, de rester en retrait.

— Mon enfant, que l'affaire soit promptement réglée, nous allons passer à table, déclara son père en s'éloignant.

Charlotte tenta d'avancer vers Jacomo mais la comédienne fit barrage sans qu'il esquisse le moindre geste.

— Vous devriez rentrer chez vous, dit-elle, en affichant un plaisir mesquin à voir son interlocutrice pâlir au spectacle du bellâtre affaissé sur son siège tête basse.

Charlotte, devant son attitude de cabot aux ordres, en comprit plus que tout ce qu'un long discours aurait pu lui faire admettre. Elle s'était lourdement fourvoyée en fondant son existence sur les mensonges d'un beau parleur et constata avec stupeur qu'il lui suscitait plus de pitié que de haine. Elle analysait maintenant son irrésistible appétit à l'égard des jeunes filles en fleur, inexpérimentées elles aussi, les seules aptes à écouter ses grandes tirades sur la liberté, l'amour et de croire toutes ses belles promesses destinées à vaincre leur résistance, n'engageant finalement que celles qui les recevaient.

Charlotte eut l'impression qu'on lui ôtait un voile des yeux et se rendit compte à quel point elle s'était bercée d'illusions. L'image des visages de ses proches et de Thomas à l'annonce du « non » fatidique en pleine église lui revint en mémoire et la frappa comme une gifle. Elle avait mis en péril sa famille, les liens qui les unissaient, l'honneur des siens, son avenir, tout cela pour un lâche dépourvu d'envergure dont l'unique talent était de maîtriser l'art de jouer de son corps en virtuose.

— Vous avez parfaitement raison, mademoiselle, qui se ressemble s'assemble et je n'ai en effet rien à faire parmi vous.

Sans plus accorder un regard à Jacomo, elle tourna les talons sous l'œil hargneux de sa rivale et sortit avec toute la dignité d'une Rohan Montauban. Anesthésiée par la révélation de l'inutilité de sa quête, elle avança droit devant elle en s'enfonçant dans les profondeurs des jardins de Versailles.

Il s'en fallut de peu qu'elle ne croise son père : François arriva quelques minutes après devant le baraquement et sauta à bas de son alezan pour s'y engouffrer d'un pas décidé. Cette fois-ci la brunette ne fut pas de taille à s'opposer au visiteur. Le chevalier proclama avec autorité en désignant le Calabrais qu'ils avaient un différend à régler et tous s'écartèrent. D'une poigne d'acier le père en colère saisit au collet le suborneur de sa fille et exigea de savoir s'il l'avait vue.

— Elle sort d'ici, murmura le misérable, terrifié par son courroux.

— Alors je vais la rattraper. Que lui as-tu dit ?

— Je ne lui ai pas parlé, répondit l'autre indiquant d'un geste la brunette.

— Elle fait plus de cent lieues pour te revoir et toi misérable faquin tu ne lui accordes pas même une explication, tu préfères te cacher dans les jupons d'une femme ! tonna François en l'envoyant valser contre un mur.

Il hésita une fraction de secondes à laisser libre cours à sa colère mais préféra résister à l'envie meurtrière de s'acharner sur le maraud à terre pour s'empresser de courir à la recherche de Charlotte dans les allées du parc. Par malheur il prit une direction opposée.

La jeune fille filait droit devant elle sans pensée consciente, souhaitant juste s'éloigner, marcher, vider son esprit. Elle accéléra encore l'allure mais l'un de ses talons se ficha dans une racine et dans un éclair douloureux elle se sentit tomber. Incapable de se relever, elle mit son visage entre ses mains et éclata en sanglots. C'est ainsi que Quentin Coysevox, son cahier de croquis sous le bras, la surprit.

— Mademoiselle vous êtes blessée ?

Charlotte ne répondit pas, se contentant de le fixer en essuyant ses larmes. Le jeune homme lui tendit son bras et doucement l'entraîna jusque dans son atelier tout proche où il lui proposa un remontant devant un bon poêle. Son invitée, frigorifiée, claquait des dents.

— Vous êtes gelée ! Tenez, buvez cela. Je suis désolé de n'avoir que cette mauvaise liqueur de mirabelle, à ma décharge je ne savais pas que j'allais avoir de la visite.

Son petit air faussement contrit amusa Charlotte.

— Ah vous souriez ! Vous êtes magnifique lorsque vous souriez… Attendez ne bougez pas !

Prestement il approcha un flambeau afin d'éclairer son modèle et, en quelques rapides tracés de fusain, lui rendit hommage puis lui montra le résultat.

— Vous êtes doué, souffla-t-elle en contemplant ses traits admirablement rendus sur le papier. Je m'appelle Charlotte de Rohan Montauban et je vous remercie de votre aide.

L'artiste comprit son désir de ne pas s'appesantir sur la façon dont il l'avait découverte et choisit de la mettre à l'aise en adoptant un ton badin.

— Enchanté, mademoiselle, Quentin Coysevox pour vous servir. Je suis sculpteur, un talent familial : mon cousin Antoine travaille avec Charles Lebrun. C'est le responsable de la création des statues du parc et je souhaite lui soumettre une œuvre, aussi je me promène en quête d'inspiration. Et le soir, avec ce froid, le parc est tout à moi… J'aime dessiner mes modèles avant de tailler la pierre. Grâce à vous je vais pouvoir me mettre à l'ouvrage.

Charlotte se détendit, agréablement engourdie par l'alcool de prune, rassurée par la délicatesse et la gentillesse spontanée du jeune homme. Ses croquis accrochés un peu partout prouvaient son talent.

— Ce doit être passionnant de participer à l'embellissement d'un tel palais.

— C'est vrai, d'ailleurs je crois que j'aurai bientôt l'occasion de faire mes preuves à l'intérieur sur des reliefs en stuc. Avec le soutien de mon cousin je compte sculpter une diane chasseresse… et voilà qu'elle se matérialise sous mes yeux.

— Vous avez un léger accent, d'où êtes-vous ?

— En vérité de la région lyonnaise, mais je reviens d'un long voyage à Florence puis à Venise. À force de ne parler que l'italien j'en ai pris les inflexions.

— Ce devait être magnifique.

— Il n'y a pas de mot pour décrire les beautés des lieux que j'ai visités. J'y serais certainement encore si je n'avais rencontré mon maître Vittorio Dandolo Della Farnese, un mécène qui aime s'entourer de nouveaux talents et qui apprécie mon travail. Sa mère était française et il rêvait de retourner sur ses terres maternelles. Comme son père, un haut dignitaire vénitien, est mort récemment, il a choisi de revenir ici avec plusieurs artistes pour présenter leurs compositions à notre roi… Il est persuadé que je peux créer un buste du souverain sans autre pareil. C'est un être exalté à l'enthousiasme communicatif et je dois avouer qu'avec son appui, plus celui de mon cousin, j'ai bon espoir d'être remarqué par Sa Majesté.

Charlotte, pour la première fois depuis longtemps, se sentait apaisée, à l'abri.

— Et vous, belle apparition, me confierez-vous la cause d'une si grande peine et de votre présence en ces lieux ?

Son air doux et sensible donna à Charlotte l'envie de se confier et elle lui raconta tout. Il l'écouta avec attention, lui permettant de s'épancher en toute liberté et lorsqu'elle eut fini il la regarda avec sympathie.

— Charlotte, vous n'avez rien commis d'irrémédiable. Vous vous êtes égarée, tout simplement, en accordant votre confiance à un individu qui ne la méritait pas. Je suis certain que votre famille, d'après la description que vous m'en avez faite, sera heureuse de vous retrouver et vous pourrez réparer vos erreurs.

— Oui, je ne demande pas mieux. Je suis prête à affronter la colère de mon père.

— L'homme que vous m'avez dépeint ne vous en tiendra pas éternellement rigueur. Écoutez, vous pouvez rester ici cette nuit, il ne vient jamais personne. Je vais aller voir mon maître…

— À cette heure ?

— Il dort peu, c'est un insomniaque. Vous auriez pu le croiser dans les jardins. Votre histoire va l'émouvoir et je suis certain qu'il va vous prêter un carrosse pour vous ramener à l'hôtel Bessières auprès de votre tante Louise. Qu'en pensez-vous ?

— Que j'ai de la chance de vous avoir rencontré. Vous avez raison, il me faut rentrer, je dois cesser de fuir et faire face à mes responsabilités.

Quentin acquiesça, réjoui du dénouement qui s'annonçait.

— Je me dépêche.

Et après un petit geste de la main il s'enfonça dans l'obscurité. Arrivé sur la grande terrasse surplombant le canal il perçut des éclats de voix et s'en approcha.

— Puisque je vous dis qu'il vous faudra attendre le retour de mon officier en chef, je ne peux vous laisser disposer de mes gardes qu'avec des consignes formelles.

François enrageait.

— Mais ma fille est là quelque part dans ce parc, la sentinelle des grilles de l'entrée ne l'a pas vue ressortir, il faut que vous nous aidiez ou je risque de la perdre à nouveau !

Le chevalier avait saisi le soldat par le bras et les choses auraient pu mal tourner sans l'intervention opportune de Malo, accompagné de deux sergents.

— On se calme messieurs. Je me porte garant de ce gentilhomme, déclara-t-il au militaire qui, le reconnaissant, s'abstint d'appeler ses collègues pour se débarrasser de l'énergumène qui commençait sérieusement à l'agacer.

Son cousin se chargea de l'apaiser d'un geste.

— François, n'insiste pas, c'est inutile. Que fais-tu là ?

— J'ai retrouvé la trace de Charlotte grâce à un ami. Elle a voulu rejoindre son amant qui se terre dans un baraquement du parc, ce lâche ! Elle est ici, Malo, ici même !

— Je sais, j'ai suivi la même piste depuis le Chat-Huant où elle est passée.

— Je l'ai manquée de si peu ! Il faut la chercher, elle a dû comprendre l'ampleur de son inconséquence et elle est là, seule, probablement au désespoir et il gèle à pierre fendre…

— Nous allons la ramener. Poste-toi à la sortie, aux grilles du château, Charlotte s'y rendra forcément. Mes hommes et moi allons fouiller les jardins.

Quentin s'avança à cet instant.

— Je vous prie de m'excuser mais j'ai surpris vos propos, ne seriez-vous pas le chevalier de Rohan Montauban ?

François se tourna avec étonnement vers le quidam qui enchaîna sous le regard scrutateur de Malo :

— En réalité, chevalier, vous l'êtes assurément car votre fille est votre portrait craché, en plus féminin évidemment.

François toisa son interlocuteur.

— Vous connaissez Charlotte, monsieur… ?

— Coysevox, Quentin Coysevox…

— Vous savez où elle est ?

— À dire vrai je viens de faire sa rencontre au détour d'une allée. Elle s'est tordu la cheville et se repose dans mon atelier. Venez, je vous y mène de ce pas, elle ne sera que trop heureuse de vous revoir. Elle m'avait justement chargé de lui appeler une voiture afin de regagner votre hôtel particulier.

François, très ému, sentit sa vue se brouiller.

— Elle va bien ?

— Mis à part sa foulure elle est indemne.

— Oh, Dieu de miséricorde merci ! Conduisez-moi vite auprès d'elle… J'ai eu tellement peur de la perdre à jamais.

Malo, à cette nouvelle, éprouva lui aussi un grand soulagement et demanda à ses exempts de l'attendre avant de suivre François et le sculpteur. Ils atteignirent rapidement le fond du parc où ils trouvèrent la porte du cabanon ouverte. À l'intérieur tout était dévasté : on s'y était battu et quel que soit son agresseur, Charlotte lui avait résisté avec l'énergie du désespoir. Sur le sol gisait son portrait au fusain au milieu d'une série d'esquisses, pour la plupart des croquis d'enfants particulièrement réussis. François le prit entre ses mains, bouleversé et lança un regard de détresse à Malo. Quentin, incrédule, contemplait les dégâts. Qui avait pu commettre pareil acte ?

Malo repartit au pas de course rejoindre ses hommes et ordonna la fermeture de toutes les issues des jardins, priant qu'il ne soit pas déjà trop tard, des images du cadavre de Charlotte avec un chiffre gravé au couteau sur l'épaule tournoyaient dans son esprit.

6

Décembre 1669 (suite)

Attachée pieds et poings liés au fond du carrosse où on l'avait traînée après l'avoir enlevée et forcée à escalader les grilles du château, Charlotte tentait de reprendre son souffle. Elle avait résisté de toutes ses forces à ses agresseurs mais ses deux assaillants ne lui avaient laissé aucune possibilité de fuite. Meurtrie, elle bougea pour trouver une position plus confortable lorsqu'une botte l'obligea d'un coup sec à rester allongée. La jeune fille essaya de rassembler ses esprits, luttant contre la torpeur qui l'envahissait car le bandeau sur son visage l'empêchait de respirer convenablement, l'asphyxiant peu à peu. Après une course qui lui parut interminable les chevaux s'arrêtèrent enfin. On la libéra de l'épaisse bande d'étoffe en la redressant, puis on la fit descendre à terre où elle put réellement observer ses ravisseurs. Le premier, vêtu en gentilhomme, portait un loup sous un large couvre-chef et la fixait avec un sourire cruel tandis que le second, un domestique, évitait son regard et s'éloigna avec les chevaux en direction d'une masure. La panique envahit Charlotte et elle se mit à crier.

— Qui êtes-vous, que me voulez-vous ?

Seul un éclat de rire lui répondit. En en reconnaissant le timbre, elle se figea.

— René… que signifie cette comédie ?

L'aîné des d'Arcourt retira son masque et effectua un salut moqueur en se découvrant pour répliquer d'un ton faussement aimable :

— C'est vous mademoiselle de Rohan Montauban qui me parlez de comédie, vous qui n'hésitez pas à fausser compagnie à toute une noble assemblée au soir de vos noces afin de rejoindre un godelureau de bas étage, souillant mon nom et celui que vous portez ?

— Je n'ai pas à répondre de mes actes devant vous. Reconduisez-moi chez ma tante à Paris, je vous prie, déclara-t-elle d'un ton qui se voulait calme alors que la peur lui vrillait les entrailles.

La fureur contenue dans les yeux de René d'Arcourt présageait en effet le pire.

— Toujours arrogante… Ne croyez-vous pas qu'il serait utile de ravaler votre orgueil au point où vous en êtes ?

Il voulut lui prendre le bras, elle se déroba à son contact, aussi l'empoigna-t-il sans ménagement en la traînant à l'intérieur de la maisonnette nichée en pleine forêt qui servait de relais de chasse à la belle saison. Charlotte se débattit en vain. René d'Arcourt la força à s'asseoir à l'unique table, face à lui.

— Vous avez humilié les miens au vu et au su de tous, jamais ma mère ne s'en remettra. Nous sommes la risée de la contrée. Vous ne pensiez tout de même pas vous en tirer à si bon compte ! J'ai enquêté et retrouvé celui qui avait provoqué votre forfaiture, ce théâtreux raté. C'est pour ce pendard que vous avez déshonoré ma famille !

Il se rapprocha d'elle et saisit à pleine main sa longue chevelure rousse, la forçant à tendre la nuque.

— C'est à ce bouffon que l'on doit votre rejet de porter le nom des d'Arcourt, ce bellâtre à qui vous avez accordé vos faveurs contre toute morale après avoir repoussé mes avances avec tant de dédain...

Charlotte comprit la véritable raison de sa colère : jamais elle n'avait répondu à ses tentatives de séduction, lui préférant son cadet, le timide Thomas, dont il méprisait la délicatesse. Cela le hérissait, néanmoins il pouvait encore le concevoir. Seulement qu'elle s'offre à un va-nu-pieds après s'être refusée à lui, l'héritier vénéré par sa mère, le parti le plus convoité du canton, habitué à la totale soumission des petites domestiques qu'il molestait, ça, il n'avait pu le supporter. L'ardeur de ses sentiments s'était transformée en passion haineuse, décuplant sa volonté de posséder celle qui l'avait mortifié, de la faire plier. Sa mauvaise conduite justifiait la sienne et lui fournissait le prétexte de laisser libre cours à l'expression de ses plus vils instincts.

— J'ai suivi votre piste jusqu'à Paris. J'étais sûr, voyez-vous, que la femelle en chaleur que vous êtes voudrait rejoindre le fameux Jacomo... j'ai donc payé un des gamins de la troupe pour qu'il me prévienne si d'aventure vous montriez votre jolie frimousse. Cela fait plusieurs jours que j'endure le froid en surveillant ce maudit baraquement. Je commençais à douter de mon instinct... et puis le gosse est venu m'annoncer votre humiliation...

Alors, mademoiselle de Rohan Montauban, que ressent-on quand on a trahi tout ce qui a de la valeur en ce bas monde en échange d'une simple partie de jambes en l'air ?

Charlotte baissa la tête sous la violence de l'attaque. Il la força à redresser le menton et approcha sa figure de la sienne, mâchoires serrées.

— Parce que c'est de cela qu'il s'agit, sale garce !

La jeune fille se dégagea et tenta de faire un pas en direction de la porte malgré sa cheville douloureuse. Il s'interposa en la repoussant violemment et elle s'effondra, des larmes coulant sur son visage. Comment lui répondre et se défendre puisqu'elle partageait son analyse ?

René d'Arcourt se radoucit un peu en voyant ses pleurs et l'aida à se remettre debout.

— Épouser mon frère n'était pas la meilleure solution, surtout lorsqu'on est doté de votre nature. Il vous faut un partenaire à la hauteur de vos… besoins.

Charlotte s'écarta sans pouvoir masquer sa répulsion.

— Thomas vaut mille fois mieux que vous, jamais il ne se comporterait de la sorte.

— C'est parce que tu apprécies tant sa délicatesse que tu t'es empressée de t'enfuir ? rétorqua l'aristocrate en la bousculant. Allons, sois raisonnable. Bientôt ton ventre trahira ton état et je suis le seul à te proposer mon soutien.

La jeune fille comprit qu'il ignorait tout de sa fausse couche, la croyant ainsi à sa merci. René prit son silence pour de l'intérêt et continua.

— Je te suggère un marché. Je t'installe à Paris, dans tes meubles, et tu me réserves l'exclusivité de tes faveurs.

Traitée comme une vulgaire catin, Charlotte, instinctivement, le gifla mais regretta immédiatement son geste devant la rage qui marqua la physionomie de son interlocuteur. René, blême, vit le dégoût qu'il lui inspirait et cela lui fut insupportable. Charlotte recula, terrifiée par la haine qui déformait ses traits, et se tourna vers la porte en appelant au secours, escomptant contre toute logique que le domestique accourrait à ses cris. D'Arcourt lui agrippa le coude en la poussant violemment au fond de la maisonnette et elle tomba de tout son poids sur la paillasse destinée au repos nocturne des chasseurs. Il la releva encore étourdie et la colla contre le mur, enserra d'une main ses poignets derrière son dos, tandis que de l'autre il dégrafa son corsage, arracha les rubans et les dentelles afin de mordre sa chair offerte, puis étouffa ses cris en prenant possession de sa bouche. Charlotte résista vaillamment, malheureusement elle était impuissante à empêcher son agresseur de commettre l'irréparable. Elle tenta de se dégager en lui mordant l'oreille, aussitôt René lui assena un coup de poing qui l'envoya à terre où elle s'affala, à demi consciente. Il la bloqua au sol en se vautrant sur elle de tout son poids, déchira ses jupons, écarta ses cuisses avec sauvagerie avant de la forcer, la pénétrant brutalement pour s'enfoncer en elle jusqu'à ce que, privée d'air, elle finisse par s'évanouir. On aurait pu espérer que le pire soit derrière elle mais ce ne fut pas le cas. Constatant que sa victime était inanimée, René en profita et la déshabilla entièrement. Apaisé par ce premier assaut, il prit son temps pour toucher chaque recoin de ce corps désiré de longue date, s'enivrant du contact de sa peau et de son odeur. Lorsqu'il embrassa son sexe, Charlotte soupira et il exulta en la voyant se détendre. Au moment où la jeune femme ouvrit les yeux et reprit pied dans la réalité, elle découvrit le sourire narquois de l'homme qui la faisait gémir. L'horreur de la situation, la nausée qu'elle ressentit à l'idée qu'elle avait réagi aux caresses de son agresseur l'atteignirent au plus profond d'elle-même. Anéantie, choquée, elle demeura prostrée pendant qu'il exploitait son apathie pour aller et venir en elle, lui causant une grande souffrance qu'elle ne manifesta que par des sanglots secs. Quand il fut entièrement rassasié, l'ayant souillée et malmenée à l'envie, René se releva et se rajusta.

— Tu n'es vraiment qu'une putain, déclara-t-il, jouissant pleinement de la situation et de la souffrance physique et morale de sa victime.

Charlotte, toujours à terre, se recroquevilla. Elle n'était que douleur et aurait voulu mourir.

— Réfléchis à ma proposition, tu n'en auras pas de meilleure…

L'aîné des d'Arcourt lui jeta sa robe ou plutôt ce qu'il en restait puis il s'éloigna. Sur le seuil de la maison, il s'arrêta et lâcha avec sadisme :

— Dire que ton frère s'est battu pour sauver ta réputation… comme si une créature de ton espèce le méritait.

Charlotte sortit de sa léthargie.

— Philippe, parvint-elle à articuler.

— Ton jumeau a payé fort cher la défense de ton honneur. Ton honneur, répéta-t-il en riant. Je l'ai laissé sans vie sur les terres de votre domaine.

Charlotte n'émit pas un son, elle fixait un point droit devant elle, dépourvue de réaction. René haussa les épaules et sortit à la recherche de son valet.

— Occupe-toi d'elle, je reviendrai demain dans la matinée. N'y pose pas tes sales pattes ! ordonna-t-il d'un ton menaçant.

L'homme observa son maître s'éloigner avant de rejoindre la jeune femme. La toucher ne lui aurait pas effleuré l'esprit tellement le spectacle qui l'attendait le révulsa. La demoiselle gisait, dans un état pitoyable, couverte de traces de griffures et de morsures, des traînées de sang témoignant de la barbarie de son violeur. Il la rhabilla comme il put, écœuré du rôle qu'on l'obligeait à jouer.

— Venez vous asseoir, je vais aller vous chercher un peu d'eau pour votre toilette. Votre manteau est intact, vous pourrez vous couvrir…

Charlotte ne semblait pas l'entendre. Accablé par la culpabilité, le domestique ne put soutenir plus longuement ce triste tableau.

— Mademoiselle, je sais que vous avez de la famille à Paris, donnez-moi leur adresse et je vais vous y conduire.

La malheureuse ne parut pas comprendre le sens de ses paroles, elle restait là, inerte, le regard dans le vide, au grand dam de celui qui voulait l'aider.

Pendant ce temps, François attendait toujours devant les grilles de Versailles avec l'espoir de plus en plus ténu de retrouver sa fille, impatient de connaître ce que son cousin avait appris depuis qu'il avait insinué qu'il avait peut-être une piste. Malo avait en effet interrogé les comédiens du baraquement et l'absence d'un jeune garçon parti à l'arrivée de Charlotte avait attiré son attention. Le gamin, âgé d'une dizaine d'années, était le petit frère d'une des saltimbanques qui venait parfois chercher refuge auprès de la troupe pour bénéficier d'un repas chaud lorsque son ivrogne de père manifestait le désir de lui administrer une rouste. Malo avait l'intuition qu'il devait discuter avec lui et son flair le trompait rarement. Il guettait donc son retour.

Juste avant que le petit ne regagne discrètement le baraquement Malo l'intercepta. L'enfant se débattit comme un beau diable dans l'obscurité. Malo le tint fermement contre lui tout en lui disant à l'oreille :

— Je ne te veux aucun mal, je suis policier au service de La Reynie, j'ai juste besoin d'un renseignement et je suis prêt à te le payer.

Malo lâcha le garçon qui se calma immédiatement devant la promesse d'une pièce.

— Que voulez-vous savoir ?

— Ce soir une demoiselle est venue voir Jacomo et tu es parti dès qu'elle a décliné son identité. Je crois qu'on t'a rémunéré pour signaler sa venue.

Malo ne distinguait pas ses traits dans la pénombre mais il le sentit se contracter.

— Écoute, tu ne risques rien à me parler… Dans le cas contraire je serai obligé de t'arrêter car cette jeune fille a été enlevée, certainement par celui qui t'a embauché.

— Je pensais pas qu'il avait de mauvaises intentions… Il avait dit qu'il cherchait une amie.

— Dis-moi ce que tu sais.

Le gamin s'exécuta sans broncher en décrivant René d'Arcourt et son petit manège de ces trois derniers jours aux grilles du château, caché dans une voiture. Il put livrer son nom, entendu prononcé par le domestique.

— Tu es sûr de toi ?

— Ah oui, j'ai même fait semblant que je n'écoutais pas parce que ça lui aurait pas plu et moi je veux pas d'histoire.

— Très bien, tu m'as répondu avec franchise, je t'en remercie.

Et il lui tendit la récompense promise. Au moment où le mioche attrapa la pièce, un rayon de lune éclaira son visage et Malo sentit ses muscles se figer devant l'apparition.

— Comment t'appelles-tu, demanda-t-il, la voix assourdie par l'émotion.

— Gaspard, monsieur, je peux y aller ?

— Oui. Attends une minute : tu seras ici demain ?

De nouveau il put observer les traits du garçon et sentit un frisson le parcourir de la tête aux pieds.

— Le soir oui, en journée j'aide mon père à tirer sa vinaigrette aux halles.

— Va mon garçon, dit Malo en masquant son trouble.

Il se hâta de rejoindre François. Celui-ci s'inquiéta en voyant sa mine sombre.

— Charlotte…

— J'ai retrouvé sa trace : c'est l'aîné des d'Arcourt qui l'a capturée. Il la faisait guetter par un gamin.

François fut sidéré par la nouvelle.

— Qu'est-ce que cela signifie ? Cela ne lui a pas suffi de s'en prendre à Philippe ! Que veut-il à Charlotte ?

— Se venger je le crains, mais ne t'inquiète pas, avec mon réseau d'informateurs nous mettrons rapidement la main sur lui. Rentrons à Paris.

Toute l'organisation de La Reynie fut mise à contribution durant la nuit et l'on arrêta René d'Arcourt, qui ne se cachait pas, à l'auberge où il logeait depuis son arrivée dans la capitale. Il fut très étonné de voir de bon matin des archers du guet le sommer de les suivre au Châtelet pour être conduit en salle d'interrogatoire. Confronté à Malo de Rohan Montauban, il feignit de ne pas le reconnaître.

— Monsieur m'expliquerez-vous ce qui justifie ma présence en ces murs ?

— L'enlèvement d'une jeune fille de noble famille dont vous avez failli assassiner le frère est un motif suffisant à motiver votre incarcération avant procès.

À ces mots l'aristocrate perdit de sa superbe, néanmoins il décida de le prendre de haut :

— Je n'ai fait que participer à un duel mais le sens de l'honneur doit vous échapper… quant à la personne à laquelle vous faites allusion je ne vois pas…

— Où est Charlotte de Rohan Montauban ? l'interrompit froidement Malo.

— Vous avez une drôle de conception de ce qu'est une demoiselle de bonne famille. Celle-ci n'est qu'une…

Le soufflet asséné lui imposa le silence.

— Je pense que vous n'avez pas bien compris la situation. Vous avez tout intérêt à me répondre et rapidement.

— Sinon ?

— Sinon vous finirez par obtempérer, dussé-je employer la manière forte.

— Vous êtes bien un Rohan Montauban… C'est facile de me menacer avec deux gardes prêts à intervenir.

Malo alla ouvrir la porte et dit à ses hommes de quitter leur poste et de ne pas entrer dans la pièce jusqu'à ce qu'il vienne les chercher.

— Voilà, monsieur d'Arcourt, nous sommes seuls. Je réitère ma question pour la dernière fois : où est Mlle de Rohan Montauban ?

René crut être de taille à résister à Malo. Il avait tort.

— Vous n'êtes qu'un bâtard utilisant un nom que les vôtres ont traîné dans la boue.

Il fut déçu par l'impassibilité de son interlocuteur et, énervé, tenta un uppercut que Malo évita, le laissant, emporté par son poids, se cogner contre le mur. D'Arcourt, furieux, réitéra son geste sans parvenir à toucher son adversaire qui l'envoya mordre la poussière. Fou de rage, l'aristocrate se vengea en éructant ce qu'il avait fait subir à Charlotte. Mal lui en prit, Malo le redressa brutalement en le saisissant à la gorge et la comprima à l'étouffer. L'autre, paniqué, griffa jusqu'au sang la main qui le maintenait mais l'étau ne se desserra pas.

— Où est-elle ? demanda Malo d'un ton glacial.

René comprit qu'il allait y passer s'il ne répondait pas et hocha la tête. Malo assouplit son étreinte.

— Dans un relais de chasse… à une lieue de Versailles… au nord… avec mon domestique.

Malo lâcha le prisonnier qui s'effondra en toussant, peinant à retrouver son souffle.

— Si vous m'avez menti ce sera la dernière fois, prévint le commissaire qui rappela les gardes afin qu'ils conduisent d'Arcourt en cellule.

Il alla chercher François, installé dans son bureau, et l'informa du lieu où l'on retenait Charlotte. Il y eut un long silence puis François se contenta de le suivre et tous deux prirent la direction indiquée. Le trajet leur parut long avant qu'ils n'atteignent leur destination en début d'après-midi. Le relais était désert ; à l'intérieur, sur la paillasse, on distinguait des traces de sang frais.

— Je vais le tuer ! rugit François en lançant de violents coups de pied dans la porte qu'il pulvérisa.

— Calme-toi, Charlotte est en vie, j'en suis persuadé et c'est le plus important. Il faut rattraper le valet.

Les deux hommes se pressèrent de faire demi-tour. À mi-course ils rencontrèrent le jeune adjoint de Malo, Valenciennes, soulagé de les croiser et qui voulait les avertir qu'on avait attrapé le domestique aux abords de l'auberge où résidait son patron. Ils y filèrent brides abattues. Le serviteur ne posa aucune difficulté pour renseigner les gentilshommes.

— La demoiselle, je pouvais pas la garder dans cet état… Je ne voulais pas participer à ça, j'ignorais que le maître allait la maltraiter de la sorte. Je lui ai proposé de la raccompagner chez des parents mais elle ne m'a pas répondu. Elle allait pas bien la pauvre. J'ignorais quoi faire… alors je l'ai déposée devant l'Hôtel-Dieu et comme je savais pas où aller je suis revenu par ici.

Malo ordonna qu'on emmène le domestique rejoindre d'Arcourt en prison puis se rendit immédiatement avec François et plusieurs archers à l'adresse donnée. Ils eurent beau inspecter toutes les salles de l'ancien couvent, dévisageant des centaines d'indigents, des malades misérables dont certains partageaient le même lit, ils ne trouvèrent aucune trace de Charlotte. La mère supérieure, alertée par ses surveillantes de la présence de soldats, exigea de connaître la raison d'une telle irruption.

— Nous sommes à la recherche d'une jeune fille enlevée à sa famille et que l'on a conduite ici ce matin. Voici le chevalier de Rohan Montauban, son père, déclara Malo.

La religieuse fut sensible à l'air accablé du gentilhomme qui paraissait fou d'inquiétude.

— Ce matin dites-vous ? Voyez cela avec sœur Bérengère, elle était chargée de l'accueil aux urgences.

La nonne, interrogée par Malo qui avait laissé François en compagnie de la mère supérieure, se souvint effectivement d'une demoiselle rousse à la robe en lambeaux qui venait visiblement d'être agressée mais, malgré sa vigilance, la petite s'était éclipsée après avoir été soignée sans divulguer son nom. Malo, la mort dans l'âme, alla en informer François. Son cousin se contenta de hocher la tête. Brisé par le chagrin, il accepta d'être reconduit à l'hôtel Bessières. En longeant la Seine, les deux hommes échangèrent un bref regard, tous deux tenaillés par une crainte similaire, que Charlotte, désespérée, n'ait choisi d'y noyer sa détresse.

7

Versailles, fin décembre 1669

La cour était à Versailles depuis plusieurs jours, obligeant les ouvriers à se montrer discrets selon les consignes reçues des maîtres d'œuvre, désireux de préserver la tranquillité du séjour de Sa Majesté, mais inquiets à l'idée de dépasser les délais fixés. Ne pas perturber les invités du château, pour lesquels tout ne devait être que plaisir, leur compliquait singulièrement la tâche.

L'effervescence mondaine prenait possession des lieux et durant quelques jours Versailles allait résonner des rires, bons mots, musique et divertissements variés de l'aristocratie, sous l'œil du roi et de ses proches. Les dames rivalisaient de beauté dans leurs plus belles toilettes, même à la chasse où le gibier abondant en cette période faisait le bonheur des gentilshommes et du suzerain. Les cancans étaient bien évidemment toujours de mise, perpétuels bruissements dans le sillage de Louis XIV. Mme de Montespan ne manquait pas une occasion d'attirer tous les regards : la veille elle avait fait sensation dans une robe bouffante cousue de fil d'or.

Certains la disaient enceinte, d'autres le contestaient au vu de sa beauté resplendissante alors que tous se remémoraient l'état pitoyable dans lequel l'avait plongée la venue du premier bâtard royal, qui l'avait à l'époque métamorphosée en échalas jaunâtre. Nul ne se risquait toutefois à aborder la question ouvertement de peur d'être la cible de la spirituelle et toute-puissante maîtresse du souverain, si prompte à railler les courtisans, ridiculisant ceux qui l'agaçaient à la grande joie et soulagement des épargnés. Il ne faisait pas bon s'opposer à la jeune femme. Son époux l'avait appris à ses dépens en osant avoir le mauvais goût de conspuer l'infidèle, l'insultant elle et son auguste amant dans tous les salons de la bonne société, provoquant scandale sur scandale jusqu'à ce qu'on l'expédie à la prison de For-l'Évêque. Lorsque l'on sut qu'il avait fréquenté avec assiduité les bordels les plus glauques de la capitale dans le but affiché d'attraper une maladie vénérienne afin de contaminer la marquise, en la violant si nécessaire, de manière qu'elle infecte le roi, la situation n'amusa plus personne. La jalousie, selon une noblesse rompue aux mariages d'intérêt, était l'apanage du bourgeois méprisé pour son instinct de propriété déployé jusque dans ses rapports conjugaux. Jugeant le bruyant cocu grossier et sot, les âmes bien nées trouvaient tout bonnement son attitude inadmissible. N'avait-il pas atteint le comble du ridicule en prenant le deuil et en organisant les funérailles de son épouse, en veuf outragé, allant jusqu'à affubler son carrosse de bois de cerf teints en noir ? Les courtisans éprouvaient peu de compassion envers ce cornard tapageur dépourvu d'éducation, jouant les outragés là où la plupart, en cyniques raffinés, auraient apprécié la situation et les faveurs royales généreusement attribuées aux intimes de la favorite. Libéré et dédommagé, le fier Gascon n'avait pas assimilé la leçon puisqu'on venait d'apprendre qu'il continuait ses frasques à la tête de sa troupe, ce qui expliquait la prise d'un nouvel arrêt cassant sa compagnie ainsi que l'ordre de l'enfermer au donjon de Pignerol. On s'en gaussait à voix basse tout en saluant avec obséquiosité la maîtresse en titre qu'on craignait plus qu'on ne l'aimait.

Ceux qui avaient du cœur, si tant est qu'il y en eût à la cour, plaignaient la patiente Louise de La Vallière, vilipendée par la majorité, pour accepter de subir les avanies d'une rivale ne supportant plus sa présence, la traitant en vulgaire femme de chambre, son rôle de paravent des secrets d'alcôves devenu inutile car tout le monde, y compris le petit peuple de Paris, connaissait la vérité. La reine elle-même savait pertinemment que son époux ne faisait qu'une halte dans la chambre de La Vallière pour se changer après la chasse avant de rallier, poudré et parfumé, les appartements voisins de la Montespan où il passait toutes ses soirées, ne la rejoignant qu'au lever du jour afin de maintenir un soupçon d'apparences.

Les bigots, muselés, jugeaient la situation immorale, mais si Louis concevait son existence en entretenant ce harem nul ne pouvait s'y opposer. Seuls les faux-semblants comptaient et Marie-Thérèse d'Autriche, infante d'Espagne devenue reine de France, devait accepter de ne se voir attribuer à Versailles qu'un logement de onze pièces là où on en aménageait vingt pour la favorite.

Ce matin-là, les dizaines de milliers de maçons, charpentiers, terrassiers et autres artisans réunis sur le plus grand chantier d'Europe se résignaient donc à travailler à l'extérieur et à affronter le froid qui bleuissait leurs doigts, rendant leurs gestes gauches. Au château on dormait encore et rien ne devait troubler le sommeil des invités, les longs couloirs étaient déserts et rares étaient les domestiques à avoir déjà pris leur service en cuisine.

Quatre fêtards avinés regagnaient leurs pénates en chancelant, croisant pour son plus grand malheur un jeune porteur d'eau avec lequel ils décidèrent de s'amuser un peu, l'obligeant à les suivre dans la galerie inachevée où les appartements en construction étaient inoccupés.

À part ses faibles pleurs on n'entendait aucun bruit. Pourtant un homme arriva en titubant, se tenant la tête à pleines mains, comme étourdi par un son assourdissant. Désorienté, il essayait de retrouver son chemin après avoir erré plusieurs heures dehors dans l'espoir qu'une longue marche l'apaiserait. Cela faisait de nombreux jours qu'il ne parvenait plus à dormir, la fatigue qui l'assaillait lui ôtait toute énergie et il avait l'impression de n'être plus qu'une coquille vide privée de vitalité. Il avait surpris les regards inquiets de ses proches, il savait qu'il ne réussirait plus longtemps à tromper son entourage.

Subitement il s'effondra. Les voix dans sa tête venaient de se transformer en hurlements implacables. On lui ordonna de se relever. Il s'exécuta telle une marionnette désarticulée et avança d'un pas mal assuré. Il pressentit que la suite allait être bien pire en reconnaissant le goût horrible qui enflamma sa bouche, similaire à celui qui l'avait envahi deux années auparavant lorsqu'il avait traversé pour la première fois les portes de l'enfer en semant la mort sur son passage. C'était cette même saveur aigre qui ne l'avait pas quitté jusqu'à ce que qu'il égorge la marquise de Manicamp.

Soudain ce fut le calme. Il n'éprouvait plus rien. Se redressant à l'écoute des sanglots d'enfant qu'il percevait un peu plus loin il s'en rappela d'autres, ceux des angelots qu'il avait tant aimés et qu'on lui avait arrachés.

D'un pas lourd il avança et découvrit une scène répugnante : un corps de garçonnet outragé par quatre canailles hilares. L'un deux s'était agrippé tellement fort à la gorge du petit martyr qu'il l'avait étouffé, l'esprit si embrumé par l'alcool qu'il ne s'en était pas rendu compte. Les fêtards se figèrent sur place en entendant le rire dément de celui qui les observait, le visage dénué d'expression, le regard fixe, effrayant. Ils n'eurent pas le temps de comprendre ce qui leur arrivait que l'énergumène, sortant un poignard, se jeta sur eux. Doté d'une force surhumaine il tua sa première victime d'un coup porté à la gorge sous l'œil horrifié de ses acolytes, trop éméchés pour réagir. Puis ce fut le second qui s'effondra, ouvert du nombril jusqu'au sternum. Le troisième se ressaisit et essaya de se défendre, mais la lenteur de ses gestes ne lui laissait aucune chance contre leur assaillant qui lui sauta dessus. Le quatrième comparse sortit enfin de sa torpeur et s'avança en vacillant pour l'aider : les trois hommes roulèrent à terre. L'un des débauchés réussit à s'extirper de la mêlée. César Parisot, baron de Gondrin, était plus connu pour ses frasques de libertin dénué de cœur et de cervelle que pour son courage, qualité dont il était démuni tout comme du moindre sens moral, ce qui en faisait un compagnon apprécié du chevalier de Lorraine et par conséquent de Monsieur. Le lâche prit la fuite tandis que leur agresseur s'acharnait sur son ami.

— *Tue-le, tue-le*, hurlaient les voix.

Alors il abaissa son couteau encore et encore jusqu'à être recouvert du sang de sa victime.

— *Montre à ce roi impie combien la colère de Dieu peut être grande. Marque-les, marque-les ! Il nous en faut quatorze ! Quatorze sacrifices à l'égal du nombre de ce roi maudit qui doit payer pour ses crimes.*

L'assassin s'exécuta et traça en chiffres romains VI, VII et VIII sur l'épaule de ses victimes. Mécaniquement il se releva, s'éloigna puis se retourna un instant, en état d'hébétement, pour regarder le carnage laissé derrière lui. Guidé par les voix, il se traîna ensuite vers son logis.

Quelques minutes plus tard, un ouvrier venu noter des mesures dans l'aile supposée déserte découvrit, épouvanté, le massacre et courut prévenir le garde le plus proche. Le tueur de Versailles en était à sa huitième victime. César Parisot, qui avait failli être la neuvième, préféra sortir au plus vite du château sans donner l'alerte, terrifié à l'idée de devoir expliquer la mort du petit porteur d'eau et de ses compagnons, bousculant ceux qui se dressaient entre lui et son carrosse.

8

Paris, fin décembre 1669

Malo de Rohan Montauban traversait le Marais à cheval, insensible au luxe des splendides façades des hôtels particuliers qui en constituaient le joyau, quittant le calme des venelles jouxtant les vastes enclos des couvents du quartier résidentiel, pour s'enfoncer dans des artères plus animées, en direction de la rue des Poulies où ses indicateurs avaient repéré l'homme qui l'intéressait.

Il était tôt mais déjà les avenues de la capitale se remplissaient. Des jésuites en bonnet carré se dépêchaient de rejoindre le collège où ils enseignaient, le noir de leur tenue contrastant avec l'éclat des petites silhouettes voyantes de la troupe des enfants de Dieu, orphelins turbulents habillés de rouge, symbole de la charité chrétienne, peu empressés à leur abandonner le haut du pavé. Partout les porteurs d'eau se hâtaient, zigzaguant entre les paroissiens se rendant aux messes matinales, évitant les cavalcades des mousquetaires, aspergeant parfois les guenilles d'un pauvre ou la robe de bure d'un bénédictin… Leurs efforts amusaient les élégantes, à l'abri dans leur carrosse, qui ne se seraient pas risquées à mettre un pied dehors de peur de gâter leur tenue. Elles épiaient l'agitation parisienne, dissimulées derrière les rideaux de leur voiture que l'on conduisait beaucoup plus aisément depuis que les lourdes enseignes en fer forgé qui obstruaient les voies en provoquant moult accidents étaient désormais peintes directement sur les murs des établissements. Cela n'empêchait malheureusement pas les sempiternels embouteillages et les cris de mécontentement des plus humbles, obligés d'arrêter leurs carrioles pour céder le passage aux équipages de l'aristocratie, prioritaires sur tout autre véhicule. D'ailleurs des gardes du Corps du roi prirent à parti un marchand ambulant pas assez rapide à leur goût à libérer la chaussée. Malo n'appréciait guère leurs manières : ils martyrisaient les braves gens chez qui ils étaient logés, cela en toute impunité car leurs excès étaient jugés véniels par un Louis XIV peu soucieux du sort réservé aux bourgeois, enclin au contraire à fermer les yeux sur leurs distractions parfois meurtrières : il fallait bien que jeunesse se passe ! Les mousquetaires, arrogants fils de nobles familles abusant du vin et des filles, n'étaient dans ce registre pas en reste, toujours prêts à chercher querelle épée à la main, manifestant une susceptibilité exacerbée dont les pauvres quidams innocents faisaient trop souvent les frais.

Malo observa un instant la scène, prêt à intervenir si les choses s'envenimaient mais les militaires, pressés, interrompirent leur jeu. Comment faire régner l'ordre, se demandait-il, lorsque la troupe des Gardes-Française elle-même semait la terreur sur son chemin, une grande partie de ces rangs arrondissant leurs soldes en jouant les maquereaux...

Malo, avec son passé de paysan breton[1], n'éprouvait pas ce mépris inné à l'encontre des civils et des petites gens, courant chez ceux de sang bleu. Il espérait que La Reynie arriverait à mettre un terme à ces abus, notamment grâce à la création de casernes dans la capitale qui préserveraient enfin les Parisiens des exactions de l'armée, tout comme la généralisation de l'éclairage public destinée à limiter la criminalité le soir venu, particulièrement en hiver.

Plongé dans ses pensées, il se contentait de guider son cheval afin d'éviter les obstacles qui le faisaient parfois se crisper ; il s'était battu en duel la semaine précédente et une plaie au côté le faisait encore souffrir. En dépit de la douleur, il sourit au souvenir de l'horrible blessure qu'il avait infligée à son adversaire, le défigurant à dessein avant de l'emporter et de lui laisser la vie sauve. Il souhaitait que René d'Arcourt ait une longue existence, obligé de porter sur son visage les stigmates de son ignominie. Le violeur de Charlotte avait peut-être réussi, faute de preuves, à échapper à la justice, mais pas à sa lame. Malheureusement on demeurait sans nouvelles de la fugueuse et son père se rongeait les sangs en tentant de la retrouver. Malo soupira, il doutait désormais qu'il puisse y avoir une issue heureuse à ce drame familial. Il avait mobilisé son réseau d'indicateurs en vain : que ce soit les mouches en liberté ou les moutons en prison, nul n'avait vu la jeune fille malgré la récompense promise. Si elle était encore de ce monde, elle se dissimulait parmi les cinq cent

1. Voir *L'Héritier des pagans*.

mille âmes de la capitale, autant dénicher une aiguille dans une botte de foin.

Un gamin traversa imprudemment la rue et Malo l'évita de justesse. Il repensa immédiatement au garçon du baraquement des comédiens qui aidait son père à pousser sa vinaigrette dans le quartier des Halles. La ressemblance avec Enzo, le petit frère assassiné de Lénora, l'avait impressionné [1]. Cela lui avait inspiré l'idée de rétribuer l'enfant afin qu'il aille traîner près de la porte Saint-Denis, habillé de fripes évoquant celles du gitan, dans le but que sa femme, aperçue là-bas par ses informateurs, le remarque et se manifeste. Depuis son départ de l'armée, Malo ne cessait de songer à celle qui était à jamais son épouse devant Dieu, gardant secrètement le désir de la revoir.

Il déboucha rue des Poulies qui donnait, dans le passé, accès à l'une des anciennes cours des miracles de la capitale. Jadis nombreuses dans les vieux faubourgs, c'était un vaste dédale de taudis aux venelles boueuses et malodorantes où même le guet n'osait s'aventurer, la violence de sa faune effrayant le plus aguerri des archers. La misère crasse de ses habitants révélait, s'il était besoin, la dureté de l'époque et chaque disette provoquait une hécatombe. Nicolas Gabriel de La Reynie avait effectué une purge efficace de ces territoires hors la loi dès sa prise de fonction, toutefois il était impossible d'empêcher leur reconstitution çà et là lorsqu'on livrait une partie de la population au dénuement le plus total.

---

1. Voir *Le Jeu de dupes.*

Malo croisa une bande de malandrins arborant des coquilles sur leur chapeau et leur bourdon, à l'instar des pèlerins revenant de Saint-Jacques-de-Compostelle, tendant la main afin de recevoir l'obole des bourgeois, éternels pigeons des voleurs du royaume d'Argot. Il prit discrètement position devant le bouge repéré par l'un de ses sergents où l'individu qu'il cherchait avait ses habitudes. Jacques Froment était autrefois un palefrenier respecté affecté aux écuries du château de Versailles avant que son penchant pour le vin ne le fasse renvoyer, le transformant en épave familière de l'établissement mal famé du Petit Tambour. Malo avait eu bien du mal à retrouver sa trace mais ses efforts portaient leurs fruits : devant lui Froment venait de pénétrer dans l'estaminet déjà plein à craquer. Il espérait que la boisson n'avait pas trop altéré les capacités du bonhomme.

Après une investigation minutieuse détaillant les circonstances exactes des premiers meurtres du tueur de Versailles, Malo était persuadé qu'il n'avait pu échapper aux policiers de La Reynie que grâce à une complicité intérieure. Une seconde certitude s'était rapidement imposée : les crimes avaient un lien avec la noyée du canal qui avait tenté d'obtenir l'aide de la marquise de Manicamp. Malo avait été intrigué par l'histoire de la jeune femme et son attitude étrange précédant son décès. En enquêtant il s'était heurté à un mur : la malheureuse appartenait à une famille d'ouvriers du chantier ayant précipitamment plié bagages le lendemain de sa mort. Personne ne semblait vouloir se souvenir d'eux. Le plus troublant était que le contremaître, première victime du meurtrier, était leur responsable et les deux autres, des collègues de travail. L'exécution de la marquise de Manicamp confortait sa conviction : les homicides puisaient leur origine dans le drame arrivé à l'inconnue et c'était parce qu'elle lui avait refusé son aide et provoqué son décès que la marquise avait été tuée, globes oculaires et langue arrachés, pour être restée aveugle et muette devant ses appels au secours. Quelqu'un de haut placé avait détruit méthodiquement les traces de ce lien et c'était ce complice qui protégeait et soustrayait le tueur aux autorités, il en était certain. Le meurtrier, visiblement désorganisé, ne pouvait avoir agi seul, effaçant tous les indices comme la disparition fort opportune de la page du registre des carrosses présents lors des festivités du grand divertissement royal de juillet 1668. C'était le premier document qu'il avait voulu consulter en vue de découvrir l'identité des propriétaires des voitures ayant quitté tôt les écuries royales ce matin-là et le feuillet manquant lui avait confirmé qu'il était sur la bonne piste. Jacques Froment était en poste ce fameux jour et c'était lui qui avait surveillé les premières sorties. Malo lui emboîta le pas et, dès que ses yeux se furent habitués à l'obscurité des lieux saturés de fumée, il se dirigea vers la table où tentait de s'asseoir le pauvre bougre et dont le patron barrait l'accès, l'ardoise du pochard le rendant *persona non grata* même entre ces murs.

— Laissez-moi vous offrir un verre, sieur Froment, déclara Malo tout en balançant une pièce au cafetier, immédiatement rasséréné.

— On se connaît ? fit l'autre, étonné, après que le commerçant se fut éloigné.

— Non, mais on a à parler.

— Qu'est-ce que vous me voulez ?

— J'ai besoin que vous répondiez à quelques questions concernant la matinée qui a suivi le grand divertissement versaillais donné l'an dernier.

— Ah ça, vous en avez de bonnes… Cela fait une paie !

— Je suis sûr que la mémoire va vous revenir, le rassura Malo en sortant sa bourse.

La mine remplie de convoitise, l'ivrogne se lécha les lèvres et demanda ensuite, fébrile :

— Que désirez-vous exactement ?

— Je veux que vous vous remémoriez les équipages sortis au petit matin et tout détail qui vous aurait marqué.

L'alcoolique plissa le front en arborant un air sceptique.

— Fermez les paupières, concentrez-vous sur ma voix. Il faisait chaud cette nuit-là et vous deviez veiller sur les véhicules des invités. Quelqu'un est venu aux aurores récupérer ses chevaux…

— Dame oui, y a bien eu un gars avec un accent, il voulait l'accès aux écuries, son maître était très pressé… Cela m'a étonné parce que d'habitude ces messieurs-dames repus et ayant bien bu prennent leur temps avant de repartir.

— Comment était-il ?

— Je ne m'en souviens plus.

— Gardez les yeux fermés. Que pouvez-vous me dire sur son accent ?

— Du sud peut-être… Je n'en suis pas sûr.

— Et sa tenue ?

— C'était un laquais, il était en livrée.

— Sa couleur et celle de ses galons ?

— Je crois que c'était du bleu… Il avait un drôle d'emblème dessus. Attendez… Une espèce de serpent géant avalant un homme ! Oui c'est ça. Je n'en avais jamais vu de pareil.

— Un dragon vouivre, murmura Malo.

Ainsi son hypothèse se voyait confirmée, le meurtrier de Versailles était enfin à sa portée.

— Je vous remercie, vous m'avez été d'un grand secours. Si un détail vous revient vous me trouverez au Châtelet en réclamant le commissaire Rohan de Montauban. Prenez ceci.

Malo le rétribua largement. Il avait à peine quitté la table que le patron fondait sur son débiteur se faire régler son dû.

— Il te voulait quoi ton donateur ? Avoir le guet chez soi ça tue le petit commerce.

— Ne vous inquiétez pas, les ennuis seront pour d'autres… et ce ne sera que justice, ajouta Froment en levant son verre tandis que le tavernier s'éloignait.

Il se rappela que le lad qui s'était occupé de cet équipage lui avait dit quelque chose concernant ce foutu carrosse. Mais sa mémoire ne lui permettait plus de se souvenir de son visage ni du contenu de sa remarque. Ah tant pis, cela resurgirait tôt ou tard et il n'hésiterait pas à aller causer avec le généreux policier.

Malo rejoignit son quartier général bride abattue. La première fois qu'il s'y était rendu, pour accepter la proposition de La Reynie, l'odeur fétide des rues baignées du sang des bestiaux tués dans les abattoirs du voisinage l'avait saisi à la gorge. Les sombres murailles de la forteresse médiévale, pourvues de hautes tours aux ombres menaçantes, lui avaient remis en mémoire des vers du poème *l'Enfer* de Clément Marot, enfermé en ces lieux après avoir été accusé d'hérésie pour avoir mangé du lard en période de carême :

En la prison claire et nette de Chartres,
Me font record des ténébreuses chartres
Du grand chagrin et recueil ord et laid
Que je trouvai dedans le Châtelet.
Si ne crois pas qu'il y ait chose au monde
Qui mieux ressemble un enfer très immonde ;
Je dis enfer et enfer puis bien dire :
Si l'allez voir, encore le verrez pire.
Aller, hélas ! Ne vous y veuillez mettre ;
J'aime trop mieux le vous décrire en mètre,
Que pour le voir aucun de vous soit mis
En telle peine. Écoutez donc, amis…

Héritage de la défense de l'île de la Cité contre les envahisseurs et de la volonté de contrôler la Seine, muni d'imposantes tourelles reliées par de massives constructions entre lesquelles passait la rue Saint-Denis, l'endroit, doté d'une enceinte et d'un préau trop exigus avec des murs interminables, renfermait la prison la plus malsaine de la capitale, réservée aux prisonniers ordinaires contrairement à la Bastille dédiée à recevoir les hôtes de marque. Le Grand Châtelet était réputé pour l'horreur de ses cachots souterrains aux doux noms évocateurs : barbarie, chaînes, oubliettes, les boucheries, l'Entre-deux-huis… où s'infiltrait l'eau de la Seine. La plus sinistre s'appelait la chausse d'hypocras : on y descendait les prisonniers encordés à l'aide d'une poulie. Du fait de sa forme en cône renversé les malheureux, pieds dans l'eau, ne pouvaient y tenir que courbés, dans l'impossibilité de s'asseoir ou de se coucher, l'inclinaison ayant été créée à cette fin. Les pailleux de basse condition qu'on y laissait croupir ne tardaient pas à s'évader vers un monde meilleur, entre quatre planches à destination du cimetière des Innocents. Miroir d'une société extrêmement violente où le crime prospérait, le châtiment était tout aussi radical.

Malo avait fini par s'habituer à l'atmosphère pesante de la lugubre forteresse, toutefois il préférait passer le plus clair de son temps hors de son bureau à mener ses investigations. Il descendait à peine de cheval qu'un de ses exempts, guettant son arrivée, se précipita vers lui.

— Le lieutenant de Police veut vous voir séance tenante. Il y a eu de nouvelles victimes à Versailles, dit-il en baissant le ton.

Malo se hâta de rejoindre son supérieur. Gabriel Nicolas de La Reynie pinçait entre pouce et index la fossette de son menton et plissait son nez bourbonien d'un air sombre, arborant un visage fermé inhabituel chez cet être affable ayant l'habitude d'être confronté à de grandes difficultés. Malo éprouvait à son égard une profonde admiration car il s'escrimait à mettre en place la sécurité et la justice dans la capitale, obligé de lutter contre la gabegie des innombrables tribunaux subalternes hérités du Moyen Âge, et se battait afin de rénover un système féodal écrasant les plus faibles sous son joug. Il était soucieux d'unifier les forces de police de la ville pour instaurer un ordre public digne de ce nom et moderniser Paris. La Reynie menait sa tâche brillamment et faisait preuve d'une véritable humanité : il prenait en considération les intérêts de la population et se mettait parfois en danger en « oubliant » certaines directives émanant d'un roi et d'un Colbert complètement hermétiques aux malheurs des petites gens. Homme de courage, il n'hésitait pas à s'indigner des abus du pouvoir et d'une répression féroce, jugée parfois inique, tout en servant l'État avec zèle. Issu d'une famille de robe honorable mais pauvre, il connaissait tous les rouages de la justice pour avoir occupé les fonctions de magistrat et maîtrisait aussi ceux du grand monde en tant qu'ancien intendant du duc d'Épernon. Humaniste, il ne se sentait pas de mépris envers ses semblables et estimait que la loi devait s'imposer à tous quelle que soit sa naissance. Longtemps veuf et accablé par la perte de trois des quatre enfants donnés par sa première épouse, il avait fait de son travail l'essentiel de son existence et y consacrait toute son énergie. Il exerçait intelligemment le pouvoir qu'on lui avait accordé en s'émancipant de toute pression pour accomplir sa mission. Seule sa redoutable efficacité le mettait à l'abri d'une disgrâce souhaitée par beaucoup et voilà que le meurtrier de Versailles le plaçait sur la sellette. Colbert avait été très clair dans sa missive du matin : sans résultats rapides, sa tête se retrouverait sur le billot.

À l'entrée de Malo, les deux hommes se saluèrent et s'assirent l'un en face de l'autre autour d'un bureau croulant sous des documents que le lieutenant général, d'un signe de tête, fit ranger par un clerc.

— Commissaire, j'ose espérer que vous avez progressé dans l'affaire que je vous ai confiée. Vous le savez, je suis complètement pris par la surveillance de Mme de Montespan afin de la protéger d'amitiés mal placées, par conséquent je m'en remets à vous pour résoudre ce dossier.

Malo hocha la tête : il connaissait l'implication de la favorite dans de sordides pratiques d'envoûtement qui la conduisaient à se lier à de dangereux personnages, ce qui inquiétait Colbert.

— Je vous ai laissé toute liberté pour traquer notre coupable et je ne vois rien venir. Ce matin trois nouveaux corps ont été découverts. Sa Majesté est excédée, vous vous en doutez, d'autant que le scandale va être difficile à étouffer car cette fois-ci les victimes sont des courtisans massacrés dans le château même... Jusqu'à présent nous avons réussi à déguiser l'affaire en duel qui aurait mal tourné et payé pour que tous se taisent, seulement nous ne pourrons empêcher l'histoire de s'ébruiter si les meurtres continuent.

Malo comprenait parfaitement. Tant que le tueur ne s'en était pris qu'à des proies de basse extraction cela inquiétait peu le roi, à part l'éventuel risque de voir ternie la réputation de son cher Versailles, toutefois depuis l'assassinat de la marquise de Manicamp la chose était devenue intolérable.

— Malo, continua La Reynie, je viens juste de vous obtenir une charge exceptionnelle de commissaire de police vous permettant de n'être affilié à aucun quartier de Paris en particulier mais à toutes les affaires hors du commun que je souhaite vous confier. Vous avez un adjoint et plusieurs sergents pour vous aider à la tâche pourtant vous semblez inapte à obtenir un résultat. Cela ne peut durer. Je sais que le sort de Mlle Rohan de Montauban vous préoccupe, néanmoins elle ne doit pas vous faire perdre de vue vos priorités.

— J'en suis conscient, monsieur. L'affaire est proche du dénouement car je pense connaître le nom du coupable.

La Reynie se cala dans son siège, encourageant d'un signe de tête son interlocuteur à poursuivre, et écouta avec attention ses conclusions.

— Si votre thèse est avérée, il ne nous suffit pas d'être en mesure de nommer le responsable, il nous faut des preuves indiscutables. L'homme que vous désignez fait partie de l'entourage du roi. Nous devons être extrêmement prudents. Je vais dire à Colbert qu'il est en mesure de rassurer Sa Majesté tout en gardant pour nous ce que vous m'avez révélé. Heureusement vos résultats et votre discrétion dans l'affaire du faux marquis, ainsi que l'amitié du roi à l'égard de votre famille vous protègent, mais cela pourrait bientôt ne plus être le cas. Mon propre avenir est menacé si nous n'aboutissons pas rapidement.

— Vous pouvez compter sur moi, je vais surveiller notre gaillard et le prendre sur le fait avant qu'il ne récidive.

Le lieutenant général parut soulagé, il appréciait tout particulièrement le jeune commissaire et ses déductions l'avaient convaincu. Malo prit congé et regagna son bureau pour faire le point avec ses troupes. Il fut étonné d'y trouver son cousin François.

— Bonjour Malo.

— François, quelle surprise ! Que fais-tu ici ? Ne devions-nous pas souper ensemble à l'hôtel Bessières ?

— C'est ce qui était prévu, en effet, mais Thomas d'Arcourt vient d'arriver à Paris porteur de mauvaises nouvelles. Une bande de soudards a élu domicile dans notre contrée et pille la région… L'état de santé de Philippe, encore fragile, ne lui permet pas de protéger le domaine. Mont Menat requiert ma présence, Nolwenn est incapable de faire face seule. Je pars dans l'après-midi.

— Je suis navré de l'apprendre. Je te promets de ne pas abandonner : si Charlotte est en vie je vous la ramènerai.

— J'en doute de plus en plus… Nous avons fouillé tous les lieux où elle aurait pu se réfugier… Je dois accepter l'épreuve qu'on m'impose et penser à ma femme et à mon fils. S'il reste un espoir je sais que tu es l'homme de la situation.

Malo constata avec tristesse les dommages qu'avait causés chez son cousin la disparition de sa fille : François avait les traits marqués par l'épreuve, il paraissait vieux et fatigué.

— Tu peux faire confiance à Thomas d'Arcourt pour te seconder, il a décidé de consacrer le temps qu'il faudra à rechercher son ancienne fiancée. Il ne parvient pas à concevoir son existence sans elle. Il aurait été un bon époux. Mon Dieu, quel gâchis…

— Il sait ce qu'il est advenu de son frère aîné ?

— Oh oui, il s'est même réjoui de son sort. Savoir que ce pourceau a osé s'attaquer à Charlotte a été un véritable choc, cela l'a anéanti puis révolté. Il est outré qu'on ne puisse traîner son frère en justice… Ce coquin a de la chance que nous ne soyons pas en mesure de produire le témoignage de Charlotte et que son valet se soit enfui. Le procureur n'a pas souhaite instruire l'affaire, c'est concevable, mais il était hors de question qu'il s'en sorte aussi facilement.

— Comment a-t-il réagi à l'annonce du duel ?

— Il a parfaitement compris que tu te sois battu contre cette canaille et que tu lui aies délibérément infligé la marque de son infamie. Louise a été très touchée par sa réaction et par sa démarche, elle l'a invité à s'installer à l'hôtel Bessières durant son séjour parisien. Maintenant l'unique chose qui lui importe est de retrouver Charlotte, comme nous tous.

François prenait énormément sur lui car à chaque fois qu'il prononçait le prénom de sa fille les larmes lui montaient aux yeux.

— Nous ferons tout ce qui est possible. Retourne à Mont Menat protéger les tiens, c'est ce qu'il y a de mieux à faire.

Malo sentit son cœur se serrer devant le chagrin qui ravageait François, dévasté par la perte de son enfant, broyé par la culpabilité. Il se rapprocha de son cousin et lui mit la main sur l'épaule, prononçant quelques mots de réconfort en breton, la langue de leur enfance. François se laissa un instant aller pour rapidement se reprendre et se diriger vers la porte.

— Merci Malo. Je sais que tu tenteras l'impossible. Que Dieu te garde, dit-il, la voix cassée par l'émotion.

Malo écouta le son de ses pas décroître dans le couloir. Il fut tiré de ses pensées par l'irruption de Valenciennes, son bras droit, à qui il avait confié la surveillance de Gaspard, le gamin du baraquement.

— Commissaire, un gars a tenté d'alpaguer le petit et manifestement il connaît votre fameux Enzo !

— Où est-il ? s'écria Malo en se précipitant dans les escaliers Valenciennes à sa suite.

— On a dû le mettre en geôle parce qu'il a résisté comme un diable. Dame, il a beau être manchot, il est costaud l'animal !

Malo arrêta net sa course, son second évitant la collision in extremis.

— Manchot, répéta-t-il en reprenant le chemin des salles d'interrogatoire.

Le cœur de Malo cognait dans sa poitrine, un estropié qui connaissait Enzo il en existait bien un. L'image de Fifi, le gosse des rues mutilé de manière à attirer la pitié des passants, meilleur ami du frère de Lénora, s'imposa immédiatement.

C'est sur lui que s'ouvrirent les verrous de la cellule. Malo reconnut dans le grand échalas qui lui faisait face le gamin apeuré, abandonné blessé dans une ruelle par Javier de San Juan dix-huit ans auparavant [1]. Fifi par contre ne vit d'abord en lui qu'un policier et lui lança un regard bravache malgré l'effroi de se retrouver au Grand Châtelet.

— J'ai pas touché au mioche, j'ai rien à foutre ici !

— Laissez-nous seuls Valenciennes.

Fifi tressaillit au son de sa voix et se mit à le fixer, essayant de se souvenir où il l'avait déjà entendu. Malo attendit que son second soit sorti et enchaîna :

— Cela fait longtemps Fifi…

L'infirme fit le lien avec le passé et resta un instant silencieux, se remémorant la triste nuit de leur

1. Voir *Le Jeu de dupes.*

première rencontre, lorsqu'ils avaient découvert le cadavre d'Enzo.

— Tiens donc, Lénora avait raison… t'es devenu garde-chiourme du guet. Tu n'as donc que ça à faire de déguiser un morveux… ça rime à quoi ton jeu de tordu ?

— Je voudrais juste lui parler. Toutes mes précédentes tentatives se sont soldées par un échec aussi ai-je utilisé ce moyen, peu élégant je te l'accorde.

— Qu'est-ce que tu lui veux à Lénora ? Elle a morflé avec toi, c'est sûr, alors ne t'en approche plus.

— Écoute, je souhaite juste pouvoir m'expliquer avec elle.

Fifi toisa son interlocuteur et lâcha, l'air résolu :

— Je suis pas un de tes moutons, moi. Tu peux me garder, t'auras que des nèfles !

— Tu es libre Fifi, lui déclara Malo en ouvrant la porte de la cellule. Tiens, dit-il en lui tendant un écu.

— Tu me prends vraiment pour un abruti. Tu me fais suivre, tu récupères la monnaie et Lénora pardessus le marché.

— Pars sans crainte. Je désire juste que tu dises à Lénora de venir me voir et rassure-la, je n'éprouve aucun ressentiment à son égard.

— C'est tout ?

— C'est tout.

Méfiant, Fifi sembla hésiter puis décida de filer. Valenciennes, posté dans le couloir, le vit passer et secoua la tête, déstabilisé par l'attitude de son supérieur. Malo sourit devant sa mine déconfite.

— Ne vous inquiétez pas, je sais ce que je fais.

— Je n'en doute pas commissaire, simplement, après tout le mal que l'on s'est donné, le relâcher comme ça…

— J'avais besoin de lui pour entrer en contact avec… une vieille connaissance, et il va s'en charger.

— Monsieur, si je puis me permettre, j'aimerais savoir quel lien existe entre cet individu et l'affaire de Versailles.

— Aucun, toutefois la personne que je souhaite rencontrer pourra nous être fort utile, n'en doutez pas, répondit-il en regagnant son bureau. Et si je la vois, peut-être ne hantera-t-elle plus mes nuits, rajouta-t-il pour lui-même.

9

Château de Versailles, mi-janvier 1670

Henriette-Anne venait de quitter discrètement les tables de jeu où Sa Majesté s'amusait aux cartes avec ses familiers, lassée de voir son époux le duc d'Orléans s'afficher sans retenue avec le chevalier de Lorraine devant la cour. La duchesse ne supportait tout simplement plus d'être à moins de dix mètres du mignon de son mari. Il ne cessait de l'importuner à la moindre occasion, se mêlant de tout, plus intrusif encore que d'habitude, intrigué par les longs après-midi passés par la jeune femme au château de Saint-Germain dans un appartement récemment mis à sa disposition, situé à côté de ceux du roi. Henriette-Anne éprouvait de plus en plus de difficultés à esquiver les questions du duc qui exigeait de connaître les raisons d'une telle faveur, furieux qu'on les lui cache. Minette n'en pouvait plus d'endurer ses scènes de jalousie où, hystérique, il la harcelait alors qu'il lui était impossible de l'informer étant donné que le projet de mission diplomatique en Angleterre auprès de Charles II devait rester secret. Louis avait été très clair à ce sujet et elle l'approuvait entièrement car elle redoutait l'opposition de Philippe à ce voyage. La tension des derniers jours marquait son petit visage aux traits tirés et son manque d'appétit avait amaigri une silhouette déjà fluette, obligeant la jeune femme à avoir recours au rouge à joues pour masquer les stigmates d'une santé de plus en plus fragile. Elle avait heureusement conservé un port de reine et la joie anticipée de revoir son frère adoré accroissait sa formidable envie de vivre, toujours aussi fascinante. Un autre événement lui permettait d'endurer les tracas de son couple : elle avait retrouvé un soutien inespéré, un véritable ami à qui se confier en toute sécurité et cela lui faisait un bien fou.

C'était vers lui qu'elle s'élançait par ce bel après-midi d'hiver, prenant mille précautions afin de ne pas être suivie vers le lieu secret de leur entrevue, dans la nouvelle aile en construction du palais. D'un ultime coup d'œil par-dessus son épaule, elle vérifia qu'il n'y avait personne derrière elle. Un instant elle crut apercevoir une ombre, elle s'arrêta, indécise, aux aguets : personne, elle reprit sa course.

Enfin parvenue à destination, elle resserra contre elle la lourde cape en hermine qui la maintenait au chaud et se détendit au souvenir de leur première rencontre. Elle avait eu lieu juste après qu'elle eut quitté le roi, en larmes suite à l'annonce du renvoi de Mme de Saint-Chamond et de ses dames de compagnie. Elle avait été très surprise de voir le jeune homme oser l'aborder et l'aurait éconduit si ses yeux n'avaient croisé les siens lorsqu'il lui avait discrètement glissé un billet en lui murmurant : « Acceptez les cadeaux de la Providence. Providence je suis et resterai pour vous… ». Figée d'étonnement

Elle avait eu beaucoup de mal à dissimuler son trouble en reconnaissant son ancien compagnon de jeux. Bravant tous les risques, elle avait honoré le rendez-vous fixé et ne l'avait jamais regretté. Providence lui offrait une oreille attentive et c'était un plaisir de se confier à lui, de se rappeler leurs amusements d'enfants, de discuter d'art et de tant d'autres choses ; il était si cultivé. Elle retrouvait avec lui la confiance qu'elle n'accordait plus à son entourage.

Il n'était pas encore là, aussi, épuisée par sa course, s'assit-elle près d'une des rares cheminées de la pièce en état de fonctionner où il s'empresserait d'allumer un feu à son arrivée. Subitement il entra et s'activa immédiatement à faire surgir les flammes destinées à la réchauffer.

— Madame je m'en veux de vous obliger à braver ainsi le froid, dit-il en la saluant enfin.

— Nul ne pourrait m'en empêcher. Avec vous je me sens revivre… Et vous contez de si belles histoires.

Son interlocuteur lui sourit mais nota immédiatement l'altération de son état de santé. Il maudit en son for intérieur le duc d'Orléans et son damné amant en s'efforçant de masquer son trouble.

— Où voulez-vous aller Madame ? lui demanda-t-il d'un ton allègre.

Il s'approcha de la jeune femme et l'aida à s'asseoir confortablement près du feu, son bras contre le sien.

— Venise, vous en parlez si bien.

— *Sicuramente bella signora.*

Tandis qu'elle penchait la tête en arrière en appui sur son épaule, il commença son récit de sa voix chaude et envoûtante :

— Gente dame, aujourd'hui nous embarquons sur le grand canal, à la découverte de la cité des Doges, à bord d'une gondole décorée d'hippocampes dorés, vous assise sur un tapis épais sous des guirlandes de fleurs, votre serviteur à la rame… Nous allons doucement nous diriger vers le Rialto, au cœur de la sérénissime, unique pont permettant aux passants de traverser à pied. Fermez les yeux Madame, imaginez les six mille pilotis de cette arche majestueuse qui accueille les plus belles boutiques et où vous pourrez vous procurer un masque pour le bal du soir… Remontons maintenant le grand canal, je vous emmène à la rencontre de mon ami Baldassare Longhena qui consacre sa vie à la construction d'une église promettant d'être la plus belle de Venise : Santa Maria della Salute, édifiée en l'honneur de la Vierge qui nous a protégés de l'horrible peste de 1630. Vous voyez son dôme se dessiner au loin, c'est magnifique…

Paupières mi-closes, Henriette-Anne se laissait bercer par la musique des mots, apaisée, naviguant en pensée sur les eaux sombres de la lagune, le long des superbes palais vénitiens…

Tout à coup elle sentit la main du conteur se poser sur son épaule.

— Princesse, j'entends des pas.

Henriette-Anne se releva immédiatement et tendit l'oreille. D'un geste, son compagnon lui fit signe de garder le silence pendant qu'il éteignait le feu et murmurait :

— Prenez la sortie dérobée sur la droite, elle vous conduira à la galerie des appartements du roi. Je vais en direction opposée par la porte principale attirer celui qui ose nous interrompre.

— Et notre prochain rendez-vous ?

— Si je vous vois à la cour je vous glisserai un billet, sinon j'en dissimulerai un au même endroit que la fois précédente. Vite Madame, sauvez-vous.

Son complice la regarda disparaître et quitta ensuite les lieux pour s'engouffrer dans le dédale des couloirs en travaux avant qu'on ne puisse l'apercevoir.

Malo arriva trop tard. Il comprit que l'appartement venait tout juste d'être abandonné : des bûchettes finissaient de se consumer dans la cheminée. Il claqua sa langue contre son palais, agacé, et s'accroupit en saisissant une poignée de cendres chaudes puis l'observa lentement s'échapper de sa paume entrouverte.

Dès que la cour se rendait à Versailles il l'y suivait afin de surveiller son suspect et à plusieurs reprises, comme aujourd'hui, il avait été très proche de l'attraper. L'homme rencontrait une dame de façon régulière depuis le mois dernier. S'il avait son idée sur l'identité de la jeune personne, il n'était pas question d'en faire état sans être en mesure d'en apporter la preuve. C'était ce qui l'irritait le plus : savoir mais ne pouvoir agir. La partie était cependant loin d'être terminée. Il se redressa pour se diriger vers les appartements du roi. En débouchant à hauteur des premières tables de jeu, il entendit ces paroles :

— Madame, vous voici enfin, où étiez-vous donc passée, vous savez que vous me portez chance !

La duchesse d'Orléans acquiesça en silence et s'installa aux côtés de son époux qui lui jeta un regard courroucé. Il laissa mourir sur ses lèvres un commentaire acerbe suite à une œillade impérieuse de son aîné lui imposant le silence.

Malo chercha parmi l'assistance le gentilhomme qu'il traquait lorsqu'il sentit un regard posé sur sa nuque et, se retournant, faillit le percuter.

— Monsieur de Rohan Montauban, que diable un commissaire du Châtelet fait-il à la cour ? demanda Vittorio Dandolo Della Farnese de son timbre grave aux accents chantants tout en le toisant d'un air railleur.

Il fut bientôt rejoint par son groupe d'artistes talentueux parmi lesquels Malo reconnut Quentin Coysevox.

— La préserver de tout fauteur de trouble, répondit-il en s'approchant à le toucher.

Ce fut Dandolo Farnese qui recula.

— Admirable mission en vérité… Et vous êtes proche de voir vos efforts récompensés ?

— C'est certain.

Un des protégés du Vénitien, l'allure menaçante, vint se placer devant Malo.

— Tout va bien Salvator… nous ne faisons que discuter, n'est-ce pas ? dit son maître.

La tension était palpable, aussi Malo préféra couper court afin d'éviter un éclat.

— Pour l'instant… Je vous souhaite une bonne soirée.

Farnese le salua, l'œil moqueur, puis s'éloigna suivi de ses compagnons. Malo intercepta au passage Quentin qui fermait la marche.

— J'aimerais vous parler.

— Je n'ai rien à vous dire, monsieur, répondit le jeune sculpteur, gêné, en baissant les yeux.

— Je crois que si.

À la pâleur qui envahit son visage Malo comprit qu'il ne s'était pas trompé : l'artiste savait quelque chose.

— Non, monsieur, quel que soit le désir que j'éprouve de vous aider cela m'est impossible. Avez-vous retrouvé la fille du chevalier de Rohan Montauban ? enchaîna-t-il dans l'espoir d'esquiver ses questions.

Malo fit un léger signe de dénégation en le fixant froidement.

— C'est la pire épreuve qu'il soit donné à un père que de perdre un enfant…

— Assez joué Coysevox, répondez-moi ! Couvrir des agissements criminels vous en rend complice.

Le jeune homme parut sur le point de répliquer mais se reprit en voyant le fameux Salvator, revenu sur ses pas, lui faire signe de le suivre.

— Je dois tout à mon maître… je ne peux agir contre sa volonté, ni trahir ses intérêts.

— Alors vous en paierez le prix.

L'artiste s'écarta, visiblement ébranlé, s'affaissant sous la poigne de son camarade qui lui avait saisi l'épaule en défiant Malo du regard. Ce dernier les observa s'éloigner, souhaitant que Coysevox réfléchisse à leur conversation pour finalement effectuer le bon choix. Il décida de rejoindre Valenciennes qui l'attendait près de la sortie. Il lui avait confié une mission et escomptait une avancée de son côté. Son adjoint faisait les cent pas, visiblement survolté de découvrir ces lieux prestigieux peuplés de somptueuses femmes parées de leurs plus belles tenues. Dès qu'il aperçut son supérieur, il se rigidifia.

— Commissaire, j'ai des nouvelles.

— Pas ici, sortons.

La nuit commençait à tomber, tous deux se dirigèrent vers les jardins désertés.

— Qu'avez-vous appris ?

— J'ai repéré le baron de Gondrin qu'on avait vu en compagnie de la petite bande qui a été assassinée fin décembre. Il s'était retiré dans son domaine familial proche de Paris pour y faire soigner une blessure. Il est revenu hier grossir la troupe des mignons de Monsieur... Je me suis arrangé pour que le domestique qui avait aperçu un individu quitter le château ce matin-là puisse le voir et il l'a formellement reconnu.

— Il est donc bien notre unique victime encore en vie.

— J'ai mieux, continua Valenciennes, ravi de voir Malo suspendu à ses lèvres. Devinez à qui il a fait parvenir un pli ce matin... À Vittorio Dandolo Della Farnese en personne. Et il vient d'arriver à Versailles. Un de nos exempts le tient à l'œil.

— J'en soupçonne la raison. Ah l'imbécile ! Il correspond bien à sa réputation d'écervelé. Cet idiot pense pouvoir faire chanter notre homme.

— Avec ce qu'il sait, il a de quoi.

— Il n'est pas de taille à lutter contre lui, retournons le chercher à l'intérieur.

Malo détestait les débauchés de son espèce mais il lui fallait protéger le baron de sa propre stupidité. Il était le seul à avoir vu le tueur de Versailles et à être en mesure de l'identifier. Il courrait un grave danger en dissimulant un tel secret et Malo n'avait aucun doute sur la détermination de Della Farnese à effacer les traces de ses méfaits. Il soupçonnait le Vénitien d'être atteint d'un désordre mental dont l'ampleur avait dû se révéler deux années auparavant, lors du grand divertissement royal. Épouvanté, son père, haut diplomate, avait apparemment tout fait afin de le soustraire à la justice, n'hésitant pas à rémunérer chèrement les proches des premières victimes pour qu'ils disparaissent. Il était persuadé que Farnese avait éprouvé sa première crise meurtrière à l'encontre d'un jeune ouvrier du chantier parmi lesquels le gentilhomme sélectionnait parfois ses amants de passage, comme l'avait dévoilé son enquête. La noyée du canal était certainement venue solliciter de l'aide, terrifiée par ce à quoi elle venait d'assister. Son décès accidentel avait empêché l'arrestation du Vénitien, permettant à l'ambassadeur de regagner leur lagune natale après avoir brouillé les pistes, n'hésitant pas à détruire la page des registres de sortie des écuries de manière à effacer sa fuite. Seul le témoignage de Froment avec sa description du blason des Farnese, peu commun avec son emblème de *biscione*, créature mythologique à la forme d'un dragon serpent dévorant ses adversaires, étayait de façon formelle ses présomptions.

Une fois son père décédé, Vittorio était revenu en France. Malo était convaincu qu'il alternait les périodes de lucidité avec celles, plus troubles, où son esprit cédait sous la pression de ses démons intérieurs. Il était évident que dans son entourage un ou plusieurs complices étaient au courant de ses pulsions et le couvraient. Il nota mentalement la nécessité de se renseigner sur l'impétueux Salvator que Quentin semblait craindre. La partie allait être serrée. Le Vénitien ne se livrerait jamais de lui-même. À le voir tout à l'heure, il était de nouveau en pleine possession de ses moyens et le baron de

Gondrin ne ferait pas le poids face à l'auteur de huit meurtres connus et de combien d'autres encore. Il fallait être sot pour ne pas l'avoir dénoncé. L'inconscient, criblé de dettes, s'imaginait sûrement de taille à le faire chanter. Malo et Valenciennes avisèrent l'exempt qui guettait leur retour, affolé d'avoir failli à sa tâche, car Gondrin avait disparu dans un salon réservé aux amis de Monsieur dont on lui avait refusé l'accès dans un premier temps, malgré son insistance, et où une fois entré il avait dû se rendre à l'évidence : l'aristocrate avait pris la poudre d'escampette. De loin le chevalier de Lorraine observait la scène et Malo comprit qu'il s'amusait d'avoir permis au baron d'échapper à leur surveillance.

— Ne perdons pas un instant, retrouvez-moi ce crétin. N'hésitez pas à l'arrêter s'il le faut, il ne nous laisse pas le choix, je me charge du suspect, dit Malo qui s'engouffra immédiatement dans la galerie principale à la recherche de Farnese.

Notre commissaire ne se trompait pas : obtenir une belle somme en échange de son silence était bien l'objectif de César Parisot de Gondrin. Être dépravé à l'intelligence limitée, il ne voyait dans les assassinats de ses compagnons de jeux qu'un moyen d'obtenir de l'argent pour assouvir ses vices et c'était sans aucun complexe qu'il endossait les habits de maître chanteur. Entouré par ses amis, au milieu des courtisans, il pensait être en mesure d'obliger Farnese à le rémunérer. Le Vénitien l'attendait comme convenu, seul, dissimulé aux regards au bout du couloir. Rassuré par la proximité de la foule et de plusieurs familiers à portée de voix, le baron le rejoignit et se mit à lui énoncer ses exigences.

Tout à coup, à l'extrémité de la galerie où Malo, ayant repéré Salvator, progressait suivi par Valenciennes, un hurlement retentit. Une femme, paniquée, portait les mains à son cou, tentant de desserrer ce qui à première vue pouvait passer pour une écharpe. Une de ses voisines, hystérique, désignait le lustre d'où s'était laissé tomber le reptile. Le serpent entourait le cou de sa proie, l'empêchant de respirer, et elle s'écroula. Entre ceux qui voulaient s'écarter et les curieux désireux d'assister au drame, le désordre fut indescriptible. Malo bondit au secours de la victime, impuissant à mains nues à la délivrer de l'étau mortel. Il prit alors sa dague dissimulée dans l'une de ses bottes et, aidé de Valenciennes qui maintenait la jeune aristocrate, y parvint enfin, l'animal fichant ses crochets dans sa manche avant d'avoir la tête tranchée. D'autres gentilshommes vinrent en renfort et il fallut conjuguer leurs efforts pour arriver à libérer la malheureuse toujours privée d'air par les anneaux rigidifiés.

Valenciennes, inquiet, regarda Malo soulever sa chemise : les crochets n'avaient heureusement pas pénétré sa chair protégée par l'épais pansement entourant la blessure reçue lors du duel avec René d'Arcourt. Les deux hommes poussèrent de concert un soupir de soulagement puis Malo s'empressa de fendre la foule et d'atteindre les derniers corridors. Trop tard : Della Farnese s'était volatilisé tout comme le baron de Gondrin.

10

Mi-janvier 1670 (suite)

Vittorio Dandolo Della Farnese contemplait le cadavre de son maître chanteur avec dégoût. Il l'avait contraint à le suivre, sous la menace de son poignard, dans un passage désert reliant deux appartements où le baron s'était laissé saigner comme un porc, poussant simplement de petits couinements vite étouffés par la poigne de fer de son meurtrier. Farnese avait peu de temps pour agir, il le savait. Le serpent, acheté le matin même à un dresseur d'animaux des halles, avait été libéré dans la grande galerie afin de créer une diversion lui permettant de s'occuper du baron et il avait parfaitement rempli son office. On entendait encore au loin les bruissements de la foule. Il dénuda l'épaule de sa victime en déchirant son plastron et y inscrivit à la hâte un neuf en chiffre romain. Il se dépêcha ensuite de traîner le cadavre et le déposa sur une banquette, à l'écart, entre deux antichambres, et revint ensuite sur ses pas après avoir rapidement réajusté son pourpoint et sa rhingrave, choisis avec soin pour leur couleur bordeaux foncé sur lesquels le sang de sa victime demeurerait indétectable. Il retourna alors se mêler à la foule qui écoutait le roi ordonner qu'on fasse la lumière sur l'introduction au château d'une telle créature.

C'est alors que Malo le repéra. Seul son souffle saccadé dû à sa course pour se fondre dans l'assemblée trahissait sa fausse tranquillité. D'un geste le commissaire le désigna à Valenciennes.

— Ne le quittez pas des yeux.

— Et le baron ?

— J'espère le trouver le premier, tout du moins son cadavre…

— Vous croyez…

— Le stratagème de Farnese a fonctionné, je suis certain qu'il s'est déjà débarrassé de l'unique témoin pouvant l'incriminer.

Malo s'éloigna et se mit à arpenter les alentours. Il passait dans un corridor lorsqu'il remarqua un homme assis dans une drôle de posture. Il ne fut pas étonné de découvrir le baron de Gondrin affalé sur une banquette noircie de sang. Rebroussant chemin, il partit à la recherche d'un garde à qui il confia l'accès du couloir avant de rejoindre Valenciennes qui épiait toujours Farnese avec ses exempts. Le jeune adjoint comprit immédiatement la situation à l'expression de son supérieur.

— Venez avec moi.

— Le baron…

— … est mort, notre assassin a un coup d'avance, confirma Malo.

La sentinelle postée en surveillance les vit arriver avec soulagement. Valenciennes regarda la dépouille du Baron en se mordant les lèvres.

— Qu'allons-nous faire ?

— Sortir le cadavre en catimini dès que le roi donnera le signal du départ vers Saint-Germain afin de le transporter à la morgue du Châtelet. Personne ne doit savoir ce qui vient de se produire.

Valenciennes hocha la tête.

— Nous n'en informerons directement que le lieutenant général. Restez ici et occupez-vous-en. Je me charge de Farnese, nous allons l'interpeller immédiatement et l'emmener discrètement. Il est temps de lui infliger un interrogatoire en bonne et due forme, je me fais fort d'obtenir ses aveux.

Malo regagna la galerie que le roi venait tout juste de quitter, entraînant la dispersion de tous les courtisans. Notre commissaire accéléra l'allure pour intercepter Farnese, pensant le trouver proche de la sortie mais il n'en était rien : main sur le pommeau de son épée, l'aristocrate avait apparemment un différend à régler avec le chevalier de Lorraine.

— Je vous somme de me répondre Della Farnese, où est le baron de Gondrin ? Il avait une affaire à traiter avec vous. On ne l'a plus revu depuis l'incident du serpent, or nous devions rentrer ensemble à Saint-Germain en compagnie de Monsieur.

— Je ne sais que vous dire, chevalier, répliqua le Vénitien d'un air faussement conciliant.

— Il me semble avoir aperçu votre ami à l'extérieur, s'interposa Malo soucieux d'éviter un esclandre compromettant l'escamotage de l'encombrant cadavre et l'arrestation de son suspect.

À ce moment-là le duc, à la recherche de son mignon, surgit suivi de Madame et de ses gens.

— Philippe, que faites-vous, le carrosse du roi va partir ! tenta-t-elle de le raisonner.

— Lorraine pourquoi m'obligez vous à venir vous chercher ? s'écria Monsieur en direction de son amant sans même prendre la peine de répondre à sa femme.

— Je cherche notre ami Gondrin et l'on refuse de me révéler où il se trouve.

À la grande surprise de tous ce fut Henriette-Anne qui intervint.

— Comment ce gentilhomme le saurait-il, le seigneur Dandolo Della Farnese était avec moi au moment de cette horrible affaire du serpent, il m'a évité de le recevoir sur la tête. Nous venons tout juste de nous quitter.

Le duc ne perçut pas l'étonnement que provoqua une telle déclaration chez ses interlocuteurs.

— Bon, eh bien c'est réglé, dit-il. Gondrin est certainement sur la route de Saint-Germain, allons-y nous aussi.

Lorraine toisa Farnese et lui murmura l'œil torve :

— Comptez sur moi pour découvrir l'enjeu de vos manigances.

Puis il dévisagea Madame d'un air mauvais et suivit Monsieur. Henriette-Anne l'imita en s'appliquant consciencieusement à fixer la pointe de ses souliers afin de ne pas croiser le regard de Malo. Farnese le salua d'un air narquois en emboîtant le pas à son alibi, suivi par ses habituels compagnons. Le commissaire résista à l'envie de le faire arrêter sur-le-champ. Il n'en était malheureusement plus question avec l'excuse fournie par la duchesse d'Orléans.

Malo était de fort méchante humeur lorsque Valenciennes vint l'avertir que tout avait été fait selon ses ordres. Il lui en expliqua la raison, mâchoires serrées. Comment la belle-sœur du roi avait-elle pu apporter son soutien à l'individu qu'il traquait depuis des semaines ? Il décida d'en référer immédiatement à La Reynie. Les policiers regagnèrent Paris avec le cadavre chargé dans une grande malle attachée à l'arrière. Le trajet jusqu'au Châtelet fut effectué dans un silence glacial. Après s'être assuré que le corps du baron était descendu en basse geôle pour être examiné, Malo se dirigea vers le bureau du lieutenant général où il ne fut pas surpris de trouver son supérieur plongé dans de volumineux dossiers malgré l'heure tardive. Lui ayant énoncé son rapport de manière concise il se tut, attendant sa réaction. La Reynie lissa sa moustache, se leva et fit les cent pas, la mine circonspecte.

— Cette affaire devient de plus en plus délicate… Nous devons comprendre ce qui lie la duchesse à Della Farnese avant d'agir. La famille royale ne doit en aucun cas être impliquée. De plus nous ne pouvons nous attaquer à un ressortissant étranger qu'avec des preuves solides. Faites le nécessaire Malo et vite : vous avez carte blanche.

La Reynie se rassit, clôturant ainsi l'entretien. Malo prit congé et passa dire à ses hommes de rentrer se reposer, après une bonne nuit de sommeil ils seraient tous plus à même d'échafauder un plan d'attaque.

Il alla récupérer sa monture aux écuries puis se dirigea vers son logis. Malo était rarement chez lui mais il aimait pousser la porte de la petite maison dont il louait l'étage à une honorable veuve rue de la Verrerie, et qui offrait l'avantage de posséder un escalier de bois indépendant, le laissant ainsi libre de ses allées et venues. Une chambre sommairement meublée jouxtant une grande pièce remplie de livres suffisait à son bonheur, d'autant que la propriétaire lui faisait régulièrement porter une assiette pour le souper. Ce soir-là il croisa le plus jeune des habitants de la maisonnée redescendant avec une belle portion de fricassée, personne n'ayant répondu à ses appels.

— Ah ! monsieur Malo, vous voici. Voulez-vous du ragoût ? Nous ne savions pas si vous étiez rentré…

— Cela m'a l'air appétissant, suis-moi.

Il ouvrit sa porte.

— Dépose ça sur la table et remercie ta mère de ma part.

Le gamin obéit et resta ensuite à se dodeliner d'un pied sur l'autre tandis qu'il allumait le feu.

— Oui Jacquot ?

— La semaine dernière vous m'aviez dit…

— Que nous retournerions pêcher. Cela tient toujours mais il faut que le temps se réchauffe un peu, mon bonhomme. Écoute, je suis sur une enquête difficile, lorsque je l'aurai bouclée, promis, je t'emmènerai en balade.

La frimousse rosie de contentement l'amusa et il referma le loquet sur la cavalcade du gamin ravi. Il s'attabla immédiatement afin que son plat ne refroidisse pas. Après quelques bouchées, un détail attira son attention : les ouvrages de la bibliothèque, seuls biens précieux qu'il possédât, avaient été déplacés, de plus il était certain d'avoir entrouvert le tiroir du meuble où il rangeait sa correspondance car sinon il se bloquait. On était venu chez lui… Il se leva lentement, à l'affût de chaque son de la maison. On n'entendait que le craquement des bûches dans l'âtre, pourtant Malo prit conscience d'une présence. Sans faire de bruit, il se dirigea vers la chambre. Il ouvrit la porte à la volée et découvrit une forme emmitouflée dans son lit, sous plusieurs épaisseurs de couvertures. Les draps s'écartèrent révélant une splendide jeune femme et pas n'importe laquelle : Lénora !

— C'est que j'ai failli attendre, lui dit la belle, le regardant d'un air malicieux en réajustant les plis de sa jupe.

Malo la détailla en silence, son épouse était encore plus belle que dans ses souvenirs. Sa sensualité sauvage s'était épanouie : sa merveilleuse chevelure bouclée encadrait un visage aux traits affinés contrairement à un corps plus voluptueux qu'autrefois. De la voir étendue là lui donna une envie violente de la faire sienne. Il dissimula son émotion mais la gitane se mit à fixer son entrejambe avec insistance.

— J'en conclus que tu es heureux de me revoir. Je ne suis pas sûre que cela soit réciproque, le provoqua-t-elle, maniant comme elle en avait le don le chaud et le froid en virtuose.

Malo s'avança.

— Fifi s'est donc bien acquitté de son rôle de messager.

— Il a longuement hésité. Ton procédé pour qu'on se revoie ne l'a pas trop enchanté… Moi non plus d'ailleurs.

Cette fois-ci ses yeux lançaient des éclairs, manifestant une colère non feinte.

— Je voulais juste te parler Lénora, avoir une véritable explication avec toi. Toutes mes précédentes tentatives ont échoué.

— Simplement parce que je ne le souhaitais pas… À quoi cela aurait-il servi ? J'ai tant de fois essayé par le passé… Quand je te confiais que je ne me sentais pas chez moi à Mont Menat, tu ne m'écoutais pas. Lors de tes permissions on ne pouvait jamais aborder les sujets dérangeants. Je devais accueillir le héros et me satisfaire des courtes périodes accordées par l'armée. Tu fuyais au moindre reproche… la situation était devenue invivable… J'aurais eu beau justifier ma décision tu ne l'aurais pas admise.

— À l'époque où tu m'as quitté probablement… mais j'ai changé. Je ne t'en veux plus Lénora, j'ai compris que tu avais beaucoup souffert avant de faire ce choix. Tu étais malheureuse à Mont Menat et je m'en suis aperçu trop tard. Je n'ai aucun reproche à ton encontre.

— Peut-être que moi j'en ai !

— Alors je suis prêt à les écouter et à te présenter mes excuses.

Lénora s'approcha de Malo et de sa démarche féline elle tourna autour de lui en l'examinant attentivement.

— C'est vrai, vous avez changé Malo de Rohan Montauban… Tu as mûri, dit-elle en caressant du doigt une cicatrice sur son front, héritage d'un assaut en Flandres.

Puis s'écartant brutalement :

— Tu es devenu commissaire à ce que l'on m'a rapporté. Nous ne nous situons plus du même côté de la barrière…

— Nous ne sommes pas ennemis Lénora, je ne te ferai jamais de mal.

— Tu m'en as déjà fait pourtant.

Malo soupira.

— J'ai commis l'erreur de te proposer une existence qui ne te correspondait pas, je n'ai rien accompli d'intentionnel.

— Je l'admets. Je conserve quelques souvenirs heureux de Mont Menat, cependant je n'y ai jamais eu ma place, j'y étouffais… Dis-moi comment vont Nolwenn et François ?

— Ils ont traversé des épreuves… ils font face, dit rapidement Malo qui ne souhaitait pas s'étendre sur le sujet. Dans quel but es-tu venue ce soir Lénora, si ce n'est pas pour faire la paix ?

— Afin de solder les comptes… Et te demander de rester loin de moi. Nous n'appartenons plus au même monde, nous serions une menace l'un pour l'autre. Ta manœuvre destinée à m'attirer ici était détestable mais aussi dangereuse.

— Je te prie de m'en excuser. Ne pouvons-nous pas être alliés ?

— Ah c'est cela, s'exclama la gitane furieuse, tu veux que je te renseigne, tu me prends pour l'une de tes mouches ! Tu t'es dit que je te devais bien cela en souvenir du passé et tu n'as pas hésité à exploiter le souvenir d'Enzo pour ça !

Et elle le gifla à toute volée. Malo resta immobile, pas un muscle de son visage ne frémit. Plus impressionnée par ce calme qu'elle ne l'aurait été par une réaction violente, Lénora recula.

— Je t'accorde le droit de m'en vouloir… Maintenant baisse d'un ton, tu risques d'alerter ma logeuse.

— Ah oui, l'admirable veuve. Elle est encore gironde, elle fait partie du bail peut-être ?

Malo sourit.

— Jalouse ?

Lénora ne supporta pas sa remarque et leva la main. Malo la saisit et attira sa prise vers lui. La colère de sa femme ne la rendait que plus désirable et il ne lutta pas contre son envie de l'embrasser. Elle fit mine de le mordre puis, alanguie par la chaleur de son corps contre le sien, lui rendit son baiser. Malo la libéra pour effleurer sa poitrine dont il sentit les pointes durcir à travers son caraco. Lénora émit un gémissement rauque et feignit de le repousser. Il la plaqua contre lui en l'embrassant de nouveau à pleine bouche mettant tout son art à lui communiquer le feu qui le consumait. Elle s'abandonna, entourant son cou avec ses bras. Malo la souleva et la déposa sur le lit. Elle le regarda d'un air de défi ce qui l'excita d'avantage. Elle aurait voulu jouer l'indifférente mais ne put le rester longtemps lorsqu'il introduisit sa main dans ses culottes, faisant bruire les poils de sa toison sous ses doigts avant de les glisser sur la chair si douce de son intimité, en caresses expertes. Lénora n'aspirait plus qu'à le sentir en elle, pourtant elle voulait le faire à sa manière. Elle roula sur son amant, libéra sa virilité et s'installa dessus pour une chevauchée vigoureuse, menée de main de maître jusqu'à l'apogée finale.

Au bout d'un long moment, Malo se redressa sur un coude afin de la contempler à loisir en dessinant ses courbes gracieuses avec son index. Lénora frissonna. Il l'embrassa, il aimait le goût de ses lèvres.

— Nos corps s'accordent toujours aussi bien, ma féroce, dit Malo.

Lénora le scruta, mi-figue mi-raisin.

— Allons ne fait pas semblant d'être fâchée. *Carpe diem* n'est-elle pas ta devise ?

Et il lui tira doucement les cheveux en enroulant une mèche autour de ses doigts comme autrefois. Lénora rendit les armes. Elle ne lui en voulait plus d'avoir utilisé le souvenir d'Enzo, d'autant qu'il ne lui reprochait pas la façon dont elle l'avait traité.

— Tu as raison, la vie est trop courte.

Et elle se colla à lui en ramenant les couvertures sur eux, ravivant immédiatement le désir de son partenaire. Cette fois-ci ils prirent leur temps et la tendresse fut au rendez-vous.

— Où cela nous mène-t-il ? soupira ensuite Lénora, blottie dans les bras de Malo.

— C'est censé nous mener quelque part ? Nous avons déjà goûté aux joies du mariage, pourquoi ne pas se contenter du bonheur de nous retrouver quand nous en éprouverons le besoin ?

— Tu as vraiment changé, constata la gitane.

— C'est vrai, toutefois mon amour pour toi reste intact.

— Mais nos intérêts divergent… Nous vivons dans deux mondes différents voire opposés.

— Je ne crois pas. Je suis affecté aux affaires spéciales, je ne suis pas chargé de maintenir l'ordre dans un quartier, les dossiers que l'on me confie sont fort éloignés des larcins que tu pourrais commettre.

— Tu sais, en général je me contente de danser et de chanter. Malgré cela si on apprend que tu fréquentes une bohémienne…

— À nous de faire en sorte que cela ne se sache pas. Nous sommes libres de nous aimer Lénora, de nous rencontrer comme ce soir tout en menant nos existences chacun de notre côté. Si un jour tu souhaites redevenir une honnête femme, tu es en mesure de me trouver, fit Malo en riant.

— Prends garde, je serais capable de te prendre au mot… Dis-moi, tu avais une idée derrière la tête avant de me revoir ?

— Au début oui, je l'avoue… Néanmoins je vais m'abstenir de te mêler à quoi que ce soit. Je ne veux pas compromettre notre relation, juste te voir régulièrement sans arrière-pensées. Et si tu souhaites reprendre la vie commune…

Lénora fut désarçonnée par cette réponse. Elle sortit du lit, attrapa ses vêtements et alla se rhabiller à la hâte devant la cheminée du salon.

— Nous verrons comment les choses évoluent… Je dois y aller.

Malo l'observa un instant et fit de même. Ils s'étreignirent longuement puis Lénora se dirigea vers la porte.

— Attrape, dit Malo au moment où elle franchissait le seuil. C'est un double de ma clé, tu peux venir ici quand tu le souhaites.

Elle lui sourit et s'éclipsa pour dissimuler son émotion, tenant fermement l'objet dans sa paume tandis qu'il s'installait à son bureau. Elle descendit l'escalier à pas lent. Elle n'avait pas fait trois pas que Fifi sortit de l'ombre.

— Tu as pris ton temps, lança-t-il.

— Garde tes commentaires !

Le manchot l'attrapa de son bras valide.

— N'y compte pas ma belle, tu nous mets tous en danger en fréquentant cet homme !

— J'en suis consciente…

— Se doute-t-il de quoi que ce soit ?

— Non, du tout. Il désirait juste me revoir…

— Alors reste loin de lui, tu ne peux plus revenir en arrière, il est trop tard.

— Je me suis peut-être trompée…

— C'est toi que cela regarde. Si tu veux qu'il garde la vie sauve tu sais ce que tu dois faire, conclut Fifi d'un ton sec, soucieux de ne pas laisser paraître la compassion qu'il éprouvait envers la jeune femme.

Lénora serra sa cape sur ses épaules, elle avait la sensation d'être glacée à l'intérieur sans que cela ait un quelconque rapport avec le froid de cette nuit d'hiver.

11

30 janvier 1670

On achevait de dîner[1] à l'hôtel Bessières et comme toujours on ne pouvait qu'apprécier les mets raffinés présentés par Louise, la maîtresse de maison. Fidèle adepte de François Pierre de la Varenne, la marquise de Saldagne avait régalé ses convives d'un délicat potage de choux-fleurs suivi d'une tourte de citrouille puis d'un pain de veau accompagné de carottes rouges confites et d'une purée de betterave. Arnaud, son époux, avait fait honneur aux plats à l'instar de Malo, pourtant Louise focalisait sa déception sur les assiettes de Thomas d'Arcourt qui repartaient en cuisine à peine touchées, constatant que malgré ses efforts le jeune homme maigrissait. Depuis la disparition de Charlotte, il s'escrimait à retrouver sa piste sans y parvenir, ce qui le désolait. Arnaud avait convié Malo ce midi-là afin de l'aider à convaincre le malheureux de regagner ses terres auvergnates puisqu'il perdait sa santé en entretenant un espoir de plus en plus

1. Repas du midi, celui du soir étant le souper.

illusoire. Mais le gentilhomme ne voulait rien entendre et affichait un air taciturne et buté dès qu'on évoquait le sujet. Seule la fillette de ses hôtes arrivait à lui arracher un sourire. Il fallait reconnaître que cette jeune personne d'à peine six ans savait s'y prendre pour charmer son monde. Une fois de plus elle avait réussi à se faire admettre à la table des adultes et à y prendre son dessert : un riz au lait bien sucré qu'elle mangeait à minuscules cuillerées entre deux grimaces à l'intention de celui qu'elle avait érigé au rang de chevalier servant. Thomas ne pouvait s'empêcher de répondre à ses facéties, à la plus grande joie de l'enfant.

— Mademoiselle ma fille, veuillez vous tenir correctement, la reprit Arnaud d'un air faussement sévère.

La petite fit semblant d'obéir avant de se mettre à loucher provoquant l'hilarité de sa mère. Louise essayait de maintenir son sérieux mais la fillette était irrésistible et elle ne pouvait cacher son bonheur de la voir en bonne santé et aussi espiègle.

— Voulez-vous que l'on vous resserve, Constance ? lui proposa-t-elle ravie de la voir manger de si bon appétit.

— Seulement si M. d'Arcourt m'accompagne, minauda l'effrontée avec moult battements de cils.

— Je ne puis rien vous refuser, mademoiselle, déclara Thomas en rentrant dans son jeu.

Le jeune homme retrouvait au contact de l'enfant un peu d'insouciance, de légèreté dans une période de doute profond où sa quête de l'être aimé vampirisait toute son énergie pour le laisser amer devant son impuissance. Il aurait été plus raisonnable de retourner à son domaine, néanmoins il était incapable de s'y résoudre. Il redoutait l'accueil de sa mère, furieuse de le savoir préoccupé par le sort de celle qui avait jeté l'opprobre sur sa famille, la créature jugée responsable des mésaventures de son fils aîné. Bertrande d'Arcourt ne pardonnerait jamais qu'on ait osé marquer son fils à la face à cause d'une écervelée au comportement scandaleux, persuadée qu'elle méritait son lot en ayant provoqué René. En acceptant l'hospitalité de la famille de cette gourgandine, en leur apportant son appui, Thomas se désolidarisait ouvertement de son frère et suscitait les foudres maternelles. Elle le lui avait fait comprendre sans ambages dans son dernier courrier, lui indiquant qu'au vu des circonstances elle ne souhaitait plus le revoir, du moins tant qu'il ne se serait pas excusé auprès d'elle et de son aîné. Thomas savait que sa décision était irrémédiable, tout autant que sa propre impossibilité à lui donner satisfaction. Son père, refusant de renier son cadet mais soumis à son acariâtre épouse, lui avait fait expédier en cachette une somme d'argent afin qu'il soit en mesure de demeurer à Paris. Il souffrait de cet exil volontaire mais son inquiétude pour Charlotte le rongeait encore plus.

Malo l'entraîna à l'écart au sortir de table et parvint à se faire une idée assez juste des tracas du jeune homme.

— Thomas, puisque nous n'avons aucune piste nouvelle je vous conseille d'entrer dans l'armée ou au Châtelet, je peux vous y aider. Si aucune de ces alternatives ne vous séduit, je suis persuadé que le baron de Saldagne vous recommandera avec plaisir à l'un de ses amis qui cherche un maître d'escrime pour son fils. Qu'en pensez-vous ?

— Je vous sais gré, monsieur, de vous intéresser à mon devenir. Je vais réfléchir à vos propositions.

Ils regagnèrent le salon où Thomas entama avec Constance une partie de jeu de l'oie pendant que Louise se mettait au luth. Arnaud alla s'asseoir sur son fauteuil favori, près de la cheminée, et Malo s'installa en face de lui.

— Avez-vous convaincu notre invité ?

— Il ne souhaite pas rentrer chez lui et je le comprends. Je lui ai présenté plusieurs options, à lui de décider.

— Parfait… Il ne doit point tarder : l'espoir qu'il entretient lui fait plus de mal que de bien.

— Je crains qu'il lui faille admettre le caractère définitif de la disparition de Charlotte. Mes indicateurs ont fait un travail de fourmi sans récolter la moindre information. Ils continuent d'être en alerte, je ne me résoudrai à clore l'affaire qu'avec la découverte de sa dépouille. Pour le jeune d'Arcourt c'est différent, il doit passer à autre chose.

Le marquis hocha la tête.

— Vous avez raison… Cette absence inexpliquée peut rendre fou de chagrin… J'ai reçu des nouvelles de Mont Menat. François a réussi à se débarrasser des brigands qui terrorisaient la région. Je crois que cela a occupé sa peine… Nolwenn est toujours très affectée, d'autant que Philippe vit mal d'être séparé de sa jumelle. Physiquement il est totalement rétabli, moralement il reste extrêmement atteint.

— Ils ont subi une terrible perte… Il leur faudra du temps.

— Avec l'aide de Dieu… Et vous, où en est votre enquête ?

Malo aurait pris plaisir à discuter avec le marquis des derniers rebondissements de l'affaire, toutefois personne ne devait apprendre l'existence de nouveaux meurtres aussi se contenta-t-il d'une réponse évasive devant laquelle son interlocuteur n'insista pas.

Le début d'après-midi s'égrena paisiblement jusqu'à la venue de Valenciennes qui se fit annoncer avant d'attendre son supérieur à l'office. Malo prit congé de ses hôtes pour le rejoindre.

— Commissaire je suis désolé de vous déranger en pleine réunion familiale, il y a du nouveau.

Malo l'encouragea à poursuivre tout en se dirigeant vers les écuries récupérer leurs montures.

— Comme vous l'aviez demandé nous avons maintenu une surveillance serrée autour du Vénitien. Nous l'avons suivi à Saint-Germain où il avait rendez-vous avec la duchesse d'Orléans, mais leur rencontre a été perturbée par l'irruption du chevalier de Lorraine qui s'en est pris à Farnese. On a dû les séparer. Le chevalier a tenu des propos à double sens tendant à suggérer qu'il en sait plus que nous. Il a menacé Farnese de dévoiler « sa face obscure » et a fait des remontrances à Madame sur la mauvaise qualité de ses fréquentations. Je pense qu'il veut la faire chanter en menaçant de révéler leurs entrevues au duc dont on connaît la jalousie. Il a l'air de se croire invulnérable.

— Eh bien, il se trompe. Je vais avoir un entretien avec lui et je vous promets qu'il va me dire ce qu'il sait.

Malo ne put malheureusement pas mettre son projet à exécution. À peine arrivés à la résidence royale, les deux hommes apprirent que de fâcheux événements venaient de se jouer au château neuf. Monsieur avait sommé son amant de lui expliquer les motifs de son altercation avec Farnese et en quoi exactement son épouse était concernée. Lorraine avait noyé le poisson puis feint de se vexer du ton employé par le duc afin de se retirer. Notre commissaire aurait donc pu discrètement le convoquer au Châtelet si le capitaine des gardes du roi, le prenant de vitesse, n'avait procédé à son interpellation. Malo tenta de voir le prisonnier mais il était au secret pour la nuit, « Ordre de Sa Majesté », lui déclara le comte d'Ayen préposé à sa surveillance et qui devait convoyer le chevalier aux aurores sous bonne escorte en direction du château d'If. La seule chose que parvint à obtenir l'enquêteur fut la confirmation par un laquais espion que la duchesse était à l'origine de l'arrestation. La raison officielle était l'insistance de Monsieur à vouloir mettre son amant à la tête d'abbayes lui appartenant sans avoir l'accord du roi alors qu'en réalité il s'agissait de préserver Henriette-Anne du harcèlement insupportable du favori de son époux.

Malo était surtout persuadé de la volonté de la duchesse d'éloigner un ennemi de longue date devenu particulièrement dangereux depuis qu'il en savait trop sur Farnese. Il était bien décidé à réclamer des explications à la jeune femme, sauf que celle-ci avait disparu avec son mari. Le duc, à son habitude, était allé se réfugier dans son domaine de Villers-Cotterêts, retraite régulière de ses bouderies, et y avait embarqué son épouse *manu militari*. Malo, excédé de ne pouvoir obtenir les renseignements dont il avait besoin, dut se résigner à laisser

Farnèse regagner l'hôtel particulier jouxtant la place royale qu'il possédait à Paris.

À son retour au Châtelet, La Reynie lui confirma qu'il était intouchable tant qu'on ne saurait pas la nature des liens l'unissant à Henriette-Anne, dans le souci de ne pas compromettre la belle-sœur du roi au moment où elle s'apprêtait à partir en mission défendre les intérêts de la France. Malo reçut l'ordre de maintenir une surveillance étroite autour du suspect en attendant mieux. Le commissaire n'appréciait pas de se voir ainsi mis sur la touche. Tendu, il arpentait son bureau lorsqu'un exempt interrompit le cours de ses réflexions en lui annonçant qu'on requérait sa présence à la morgue.

Malo descendit les marches conduisant en basse geôle d'un pas nerveux : si Angus Graham l'avait fait demander, c'était bon signe. L'homme était encore à sa besogne, en train d'examiner le corps du baron Gondrin. Il avait pris soin d'occulter l'étroite ouverture donnant à ras de la rue passante, adjacente à la forteresse, afin qu'aucun curieux ne se penche pour le surprendre en plein travail, particulièrement soucieux de ne pas offrir la salle aux regards des enfants, délicatesse étonnante chez ce bourreau aguerri.

Malo avait appris à apprécier le professionnalisme de ce gaillard mesuré, au calme imperturbable, doté d'une remarquable capacité à analyser les causes d'un décès et possédant une science en ce domaine qu'aucun médecin ne lui aurait déniée puisqu'il avait testé par lui-même la plupart des procédés aptes à conduire un individu de vie à trépas. Nul ne savait pourquoi l'Ecossais, descendant d'une illustre dynastie de bourreaux outre-Manche, avait un jour croisé le chemin de La Reynie, qui lui avait fourni sa charge, cependant tous reconnaissaient sa terrible efficacité.

Une fois son exploration achevée, le colosse s'écarta de la dépouille de Gondrin et attendit que Malo l'interroge.

— Alors Graham, que pouvez-vous m'apprendre sur ce cadavre ?

— Qu'on l'a saigné à l'arme blanche. Son agresseur a de la poigne et le geste sûr.

— Ça je le sais déjà, quoi de neuf ? questionna Malo d'un ton vif.

Angus le fixa de ses gros yeux saillants avant de s'approcher du cadavre et de pointer les lésions, causes de la mort, puis de répondre sans s'offusquer :

— Regardez les coups portés. Pour les autres victimes ils l'étaient en biais, légèrement vers la gauche, comme c'est le cas avec un droitier. Pas ici. Voyez, les blessures sont nettement orientées vers la droite.

— En ce qui concerne Gondrin notre coupable est donc gaucher…, conclut Malo.

Il se tut devant l'importance de la révélation : Farnese avait tué le baronnet et il était en effet gaucher, il ne pouvait par conséquent être l'auteur des précédents meurtres. Quant aux toutes premières victimes, faute d'autopsie, il était impossible de le savoir. On avait donc affaire à deux tueurs distincts.

12

1er mars 1670

Henriette-Anne essayait de mettre à jour sa correspondance sans y parvenir. Elle regarda les feuillets dispersés sur son écritoire en poussant un soupir : il lui était impossible de se concentrer. Elle alla à la fenêtre contempler la forêt de Retz où son époux avait décidé de chasser, amoncelant cerfs, biches, chevreuils, sangliers, faisans et renards en tas macabres qui lui donnaient la nausée. Le duc, comme toujours en cas de désaccord avec son frère, s'était empressé de venir se réfugier dans son domaine de Villers-Cotterêts, l'obligeant à le suivre, faisant démonter leurs meubles et vider entièrement leurs appartements de Saint-Germain.

Une de ses suivantes lui suggéra d'aller prendre l'air en remontant l'allée royale du magnifique parc dessiné par Lenôtre mais la jeune femme déclina sa proposition. Dans ce château Renaissance isolé, édifié par François Ier, elle avait l'impression d'être prisonnière, otage des sautes d'humeur d'un mari hargneux ne lui pardonnant pas l'exil du chevalier de Lorraine dont il la jugeait responsable, résolu à lui en faire payer le prix. Il savait que son épouse n'appréciait pas d'être éloignée de la cour, aussi la punissait-il en la maintenant à l'écart de ses fastes, la rudoyant à l'envie, le roi ne pouvant plus lui offrir sa protection. Évidemment Henriette-Anne ne vivait pas en recluse et plusieurs courtisans s'étaient empressés de lui rendre visite, toutefois elle avait l'impression que c'était plus en vue de jouir de son malheur que pour lui apporter un réel soutien.

Par la croisée, elle s'absorba dans l'observation de la course des nuages en laissant son esprit vagabonder. Quel ennui que de se retrouver ainsi en duché de Valois coupée du monde… Elle aimerait tant recevoir le réconfort de l'homme sachant si bien lui faire oublier les tourments de l'existence, le confident si cher à son cœur…

Mais Providence est loin et elle n'ose pas lui adresser de courrier de peur qu'il soit intercepté par les espions de Philippe. Cela fait près de trois semaines qu'elle vit dans la crainte. Un seul espoir lui permet de surmonter la situation : son prochain départ, promesse d'une entrevue secrète avec son frère.

Subitement Henriette-Anne crispe ses mains sur le rebord de la fenêtre. Un doute affreux l'assaille : et si son époux l'apprenait et réussissait à l'en empêcher ? Minette tremble. Si on lui retire cette expectative, comment tenir ? Au loin elle aperçoit un carrosse qui s'avance dans l'allée royale, elle recule. Elle ne désire voir âme qui vive ; aujourd'hui elle ne se sent pas la force d'affronter des invités et de jouer les hôtesses en s'appliquant à dissimuler son désarroi. N'ayant aucune intention d'alimenter les ragots de la cour, Henriette-Anne décide de gagner la chapelle du château afin d'obtenir un peu de reconfort dans la prière, comptant qu'on n'osera pas l'y déranger. Elle saisit une épaisse cape de fourrure et se dirige vers un escalier droit, insensible à la beauté des magnifiques voûtes à caissons sculptés le surplombant, lorsque l'une de ses dames de suite la rejoint toute essoufflée.

— Madame, Madame venez vite… un visiteur requiert votre présence.

Devant l'expression lasse de sa maîtresse, elle s'empresse de lui annoncer la bonne nouvelle :

— C'est M. Colbert en personne !

Henriette-Anne ferme les paupières un bref instant en savourant ce moment : enfin on vient la délivrer ! Elle se précipite aussitôt à la rencontre du conseiller du roi, ne prenant même pas la peine de vérifier sa tenue.

Colbert la voit arriver à pas vifs, nullement surpris par l'empressement de la jeune femme à son égard au vu des circonstances. Il s'emploie immédiatement à calmer ses alarmes.

— Madame, vous ne resterez pas ici longtemps, je vous le garantis. Sa Majesté, vous le savez, envisage de grands projets vous concernant. Il m'a chargé de vous remettre ceci.

Sur son ordre un domestique apporte à Henriette-Anne le présent royal : un coffret en bois précieux garni d'or, de bijoux, gants et autres colifichets luxueux. La duchesse s'en empare, les yeux brillants d'excitation.

— Êtes-vous sûr de pouvoir convaincre mon époux ?

— Les moyens mis à ma disposition en vue de négocier votre retour m'habilitent à vous l'assurer.

Henriette-Anne connaît la prudence du ministre et, à son air tranquille, comprend que Philippe a déjà cédé. Elle s'assied et contemple ses trésors. Pour la première fois depuis des semaines, elle sent la chaleur des flammes virevoltant dans la cheminée la réchauffer. Lorsque le duc revient de la chasse, elle remarque à peine son entrée, plongée dans ses pensées, s'imaginant dans les bras consolateurs de Providence, osant même anticiper le bonheur total qu'elle aura à fouler le sol londonien lors de retrouvailles ardemment attendues avec son frère Charles. D'Orléans enrage de la découvrir ainsi, joues rosies de plaisir, lui qui la voudrait en proie au chagrin comme il l'est à cause de l'exil imposé à son favori. Il se fait violence afin de ne pas laisser éclater son dépit. Colbert n'est pas le genre de personnage à qui l'on impose le spectacle navrant d'une dispute conjugale, et puis il ne peut pas rester indéfiniment à Villers-Cotterêts, la cour lui manque et la générosité de Louis le pousse au compromis. Il se force donc à faire bonne figure devant l'émissaire royal. Colbert intercepte cependant le regard haineux lancé à son épouse avant qu'il ne l'accueille, sourire aux lèvres, et le conseiller se promet de signaler au roi la nécessité de veiller à la sécurité de la jeune femme à son retour. Ce n'est pas que l'homme d'État éprouve une affection particulière pour Henriette-Anne, en vérité il souhaite surtout protéger la pièce maîtresse des négociations entamées avec le suzerain d'Angleterre.

Dans l'hôtel parisien de Vittorio Dandolo Della Farnese l'ambiance est également revenue au beau fixe avec la nouvelle du départ de Colbert qui confirme ce que tous pressentent à la cour : la bouderie de Monsieur touche à sa fin et les d'Orléans vont bientôt rentrer.

À la demande de son supérieur, Valenciennes surveille chaque fait et geste du Vénitien et de ses proches. Malo a repris l'enquête et s'intéresse désormais tout particulièrement au fidèle serviteur du suspect : Angelo Braqui et à son fils Salvator. Dans son bureau, au Châtelet, il parcourt le rapport qu'il vient de recevoir de Venise détaillant l'implication du jeune Braqui dans la disparition d'une prostituée de la lagune. Salvator, violoniste de talent, a échappé à la prison uniquement grâce à l'intervention de Farnese qui l'a soustrait aux investigations de la police de son pays d'origine en profitant de son voyage en France. Cela n'étonne nullement notre commissaire puisque l'un des valets soudoyés par Valenciennes a révélé que le Vénitien partageait souvent le lit du musicien. Malo est persuadé de la culpabilité du couple dans les meurtres de Versailles. Il lui faut maintenant le prouver en évitant de compromettre la duchesse d'Orléans. Le temps joue en sa faveur car prochainement la cour va partir en Flandres et il obtiendra alors l'autorisation d'arrêter ses suspects. Conduits dans les geôles du sous-sol, ils seraient obligés par Graham d'avouer leurs forfaits permettant de clore une enquête qui n'a que trop duré.

Malo referme le dossier puis lentement se redresse. Il sort de sa poche le billet remis par l'un de ses exempts : Lénora lui donne rendez-vous chez lui. Depuis la mi-janvier ils se sont revus deux fois et les deux fois ils ont assouvi la soif qu'ils avaient l'un de l'autre sans évoquer l'avenir. Malo relit les mots au tracé malhabile et à l'orthographe approximative, il sait que cette fois-ci il ne laissera pas sa compagne repartir en ignorant ses intentions. Lénora lui dissimule quelque chose, il en est persuadé, et il commence à douter de ses réelles motivations, aussi ce soir va-t-il avoir une franche explication avec la jeune femme. Il est l'heure de regagner ses pénates. Il salue les sergents qu'il croise le long des couloirs avant de seller son cheval et de s'élancer dans la cohue des rues parisiennes.

Arrivé à proximité de son logis, il est obligé de s'arrêter : une charrette bloque l'accès de sa rue. Rebroussant chemin dans l'intention de faire le tour du pâté de maison en sens inverse, il remarque immédiatement deux hommes postés sous une porte cochère. Malo comprend qu'il s'agit d'un traquenard, il sait qu'il ne doit pas rester là sinon il signe son arrêt de mort. Sautant à bas de sa monture, il lui claque la croupe et elle file droit sur les guetteurs tandis qu'il traverse de manière à passer par-dessus la charrette. La réaction de son conducteur confirme le piège tendu : l'individu plonge sur lui, atterrit sur son dos et tente de l'étrangler. Malo saisit avec vivacité l'un de ses coudes tout en s'inclinant. Son agresseur, soulevé du sol, se retrouve projeté tête la première sur les pavés où il s'affale sans plus donner signe de vie. Ses deux complices surgissent aussitôt en renfort au moment où Malo saute à terre en sortant son épée. Un mouvement sur sa droite attire son attention et il aperçoit trois gaillards à la mine peu avenante armés de gourdins qui s'avancent en l'encerclant.

— Un contre cinq, vous me faites beaucoup d'honneur messieurs…, remarque notre commissaire en tournant sur lui-même tout en effectuant des mouvements circulaires avec sa rapière.

Il feint d'hésiter, abaisse un bref instant sa lame puis bondit en bousculant le moins costaud des assaillants afin de s'extirper du cercle fatal. Récupérant ses réflexes d'ancien joueur de soule, il parvient à courir vers un escalier dont il franchit les premières marches avant de faire de nouveau face aux sbires lancés à ses trousses, ce qui lui permet de n'en combattre que deux à la fois vu la largeur de la montée. Il réussit à blesser le premier qu'il propulse sur le suivant pour pouvoir escalader quelques degrés et continuer l'assaut contre ses autres adversaires. Conscient qu'il ne pourra pas tenir longtemps ainsi, il enjambe la balustrade, roule au sol, se réceptionne indemne et se précipite dans une venelle dans le but d'y semer ses poursuivants. Il est sur le point d'y arriver quand il entend un hurlement qui l'arrête net. Se retournant, il voit l'un des assaillants maintenir une femme en lui tordant violemment un bras dans le dos. Le colosse, atrocement brûlé au visage, y prend visiblement plaisir. Lénora a tenté de ne pas crier, en vain, la souffrance est intolérable. Son bourreau accentuant la pression, elle tombe au sol, horrifiée de constater que le stratagème de la brute fonctionne : Malo fait demi-tour pour voler à son secours.

— Non, essaie-t-elle de dire, mais les mots meurent sur ses lèvres tellement la douleur la scie en deux.

Malo ressent l'étrange sensation d'être replongé à l'époque où encore adolescent il n'avait pu empêcher une foule haineuse de lyncher la jeune gitane. Il fond sur son tortionnaire, l'obligeant à la lâcher en lui transperçant l'épaule, et place sa compagne derrière lui avant d'être cerné par la meute armée. Tandis qu'il se bat avec l'énergie du désespoir à un contre quatre, l'un des agresseurs lui fait mettre un genou à terre grâce à un violent coup de massue asséné au creux poplité et c'est la curée. Les brutes s'acharnent sur lui, sous les yeux de Lénora impuissante à faire cesser ce jeu de massacre, jusqu'à ce que le corps de leur ennemi ne montre plus aucune réaction. Leur sauvagerie dissuade les rares passants d'intervenir et ils se contentent de les observer, terrifiés, charger leur victime inanimée dans la charrette et quitter tranquillement les lieux sans que quiconque n'ose esquisser un geste.

Lorsque Malo reprend ses esprits, il est entravé dans une cave malodorante. Il met de longues minutes à se mettre debout et à marcher. Contusionné, il souffre à chaque respiration ; il a plusieurs côtes fêlées et l'atmosphère humide de la geôle accentue sa sensation d'étouffement. Il se dirige vers une ouverture pratiquée en hauteur et signalée par un rai de lumière et sent un filet d'air glacé lui fouetter le visage. Cela le revigore et il peut se concentrer sur son environnement. Il entend au loin une clameur, mélange de cris et de chants, puis c'est le silence rapidement rompu par le son de tambours. Où diable l'a-t-on conduit ? Et Lénora, qu'ont-ils fait d'elle ? Le bruit des verrous qu'on libère précède l'entrée d'un visiteur. Aveuglé par sa torche, Malo a du mal à le reconnaître. Fifi en profite pour trancher ses liens. Malo réalise à qui il doit son enlèvement.

— Explique-moi donc ce que je fais au beau milieu de votre cour des miracles, demande-t-il d'un ton calme.

— Je vois que les coups que tu as reçus ne t'ont pas trop abîmé la caboche, tu es effectivement sur notre territoire.

— Où est Lénora, que lui avez-vous fait ?

— Tu devrais plutôt t'inquiéter de ton sort... Elle va bien, lâche l'estropié plus bas en le poussant vers la sortie.

Malo monte les marches, débouche dans un bouge d'où Fifi le propulse à l'extérieur et il émerge dans une ruelle boueuse devant une multitude de gamins dépenaillés, noirs de crasse, qui le jaugent en se moquant de lui. Escorté par le manchot et deux complices, suivis de près par la bande de mômes surexcités, ils atteignent une petite place où tous les voyous du monde d'Argot semblent s'être donné rendez-vous. Ils saluent l'apparition du prisonnier par des sifflements et une pluie de crachats. Deux cagous prennent Malo par les épaules et le traînent jusqu'à un amas de tonneaux formant un trône de fortune devant lequel ils le forcent à s'incliner. Il découvre Lénora au pied des fûts, les yeux baissés, dans une attitude de totale soumission envers l'individu juché sur les barriques. Malo comprend qu'elle appartient à cet énergumène, leur roi, qu'elle a trahi et que c'est avec son sang qu'il va laver l'affront. Le jeune homme ne ressent aucune colère envers la bohémienne agenouillée, terrifiée, seulement une immense lassitude devant l'absurdité de la situation : il va mourir pour avoir aimé son épouse et cela, il n'en doute pas une seconde au vu du visage chargé de haine de celui qui le scrute avant d'imposer le silence à sa turbulente cour. Tous écoutent avec respect sa diatribe prononcée en argot dont Malo ne saisit pas les finesses, mais au sens clair : il a osé s'approprier la femme du chef et il va payer pour cela. Sitôt que leur roi se tait, une clameur sauvage accueille sa déclaration et le son des tambours reprend, de plus en plus fort.

Malo sait qu'il n'y a aucune pitié à attendre de cette faune. Ce sont des survivants, uniques rescapés de la destruction de leur institution deux années auparavant par un La Reynie n'hésitant pas à faire ouvrir des brèches dans la vieille enceinte de Charles V pour raser les taudis des coupe-jarrets afin de pendre ou d'envoyer aux galères ceux qui n'avaient pas eu la sagesse de fuir. Il n'avait pu cependant empêcher la résurgence d'une poche d'irréductibles entre les rues des Forges et de Damiette, qui rassemblaient désormais les éléments les plus dangereux de la capitale. Les ribauds avaient échappé au sort des milliers de leurs camarades marqués au fer rouge puis expédiés au bagne ou enfermés dans les établissements de l'hôpital général. Les rares cagous parvenus à esquiver la rafle, en derniers lieutenants de cette société secrète, avaient aussitôt désigné l'un des leurs roi de Thune comme le voulait leur coutume. On appréhendait aisément la raison de leur choix en observant l'élu perché sur son trône. L'homme, doté d'une puissante carrure, l'air sombre, la face couverte de cicatrices éclairée par des yeux de grand fauve, ne quittait pas Malo du regard. On y lisait clairement l'envie qui le tenaillait de l'égorger devant celle qui s'était risquée à le tromper. D'un bond il se propulsa aux côtés de Malo. Il le fixa un long moment et se tourna ensuite vers Lénora qui ne remua pas un cil. Sans prononcer un mot il se dirigea vers un gamin qui tenait un coffret où il prit deux poignards et une corde. Malgré sa saleté on devinait la blondeur du garçonnet, il tentait de rester stoïque mais ne put s'empêcher, dès que le gitan se fut emparé des armes, de jeter un coup d'œil en direction de Lénora qui lui fit signe de se détourner d'elle. Malo surprit le bref échange, comprit qu'il avait devant lui le fils de Lénora et, dans un éclair de clairvoyance, probablement le sien au vu de son âge, une dizaine d'années, et de sa chevelure. Lénora devait être enceinte à son départ de Mont Menat. La joie qu'entraîna cette conviction cohabita un bref instant avec la certitude qu'il ne connaîtrait jamais cet enfant. Sur un geste de son roi, Fifi lui attacha une extrémité de la corde au poignet et l'autre à celui de Malo. Les couteaux furent fichés dans le sol et les belligérants prirent place au centre de l'arène.

Malo avait entendu parler de ce genre de combat : il ne s'achevait qu'avec la mort de l'un des participants. Dans son état, il avait peu de chance d'en réchapper, pourtant ce fut d'un geste décidé qu'il s'empara de la lame mise à sa disposition avant de faire face à son adversaire. S'il mourait ce serait l'arme à la main et il comptait donner le plus de mal possible à son rival. Habitué à ce type de lutte, le gitan commença par s'amuser à tirer sur leur lien pour le déséquilibrer et l'humilier devant ses pairs mais Malo contra ses tentatives, se contentant d'abord de parer ses coups et bientôt de réussir à les lui rendre. Le roi de Thune pressentit qu'en dépit de ses blessures l'homme était de taille à le vaincre ; il cessa de vouloir impressionner la galerie et se concentra sur un duel dont l'issue ne paraissait plus aussi certaine.

Les minutes s'égrenèrent entrecoupées par les exclamations de la foule surexcitée à la vue du sang coulant des coupures infligées à tour de rôle aux deux protagonistes. Malo se battait bien et en temps normal l'aurait certainement emporté, toutefois son récent passage à tabac lui ôtait ses capacités de résistance habituelles et bientôt il émit un son rauque à chaque inspiration, sous l'œil réjoui du bohémien. La vision brouillée, la respiration sifflante, Malo fut assailli par une extrême lassitude ; son corps n'était plus que souffrance. Néanmoins il continuait de parer les coups et progressivement, son courage, son refus d'abandonner lui attirèrent la sympathie du public. Leur chef s'en rendit compte et cela le remplit de fureur. Profitant d'un moment où Malo, entre deux assauts, se repositionnait comme il le devait au centre du cercle, il ne respecta pas ce laps de temps et lui porta un violent coup de pied qui l'envoya au sol, puis se servit de la corde qui les unissait pour lui enserrer la gorge et l'étrangler. Un voile rouge s'abattit sur Malo qui jeta un dernier regard à Lénora dont le visage était baigné de larmes. Il tenta de se redresser, y parvint presque, mais son tortionnaire lui flanqua son genou dans les côtes, le propulsant à terre où il s'écroula, secoué par une violente quinte de toux.

Ensuite tout devint flou, il se sentit aspiré dans un trou noir, vaguement conscient qu'on tentait de l'empêcher de sombrer en l'appelant par son nom.

13

Mars 1670

La première sensation qu'éprouva Malo en reprenant connaissance fut une gêne au niveau de la poitrine, il posa la main sur son torse et découvrit un bandage enroulé tout autour de sa cage thoracique. En inspirant profondément, il comprit qu'il faudrait patienter avant que ses côtes ne soient totalement remises. Dans la pénombre où on l'avait installé, il reconnut la chambre où il était toujours le bienvenu s'il souhaitait dormir à l'hôtel Bessières. Pendant quelques secondes il chercha dans ses souvenirs ce qui l'avait conduit là lorsqu'il se rappela le guet-apens tendu par les cagous de la cour des miracles.

— Lénora, le garçon ! dit-il à voix haute en se redressant, ce qui lui valut un bel étourdissement.

La désagréable sensation de tournis jointe à une grande faiblesse générale lui fit deviner qu'il était allongé depuis plusieurs jours, un frôlement sur son visage à la barbe naissante le lui confirma. Combien de temps était-il resté inconscient ? Il n'eut pas à se poser longuement la question : Louise accourait déjà pour aider le blessé à s'asseoir.

— Malo, vous émergez enfin… Comment vous sentez-vous ?

— Contusionné, avec l'impression qu'un régiment m'est passé sur le corps… à part ça, je crois que cela devrait aller, répondit-il en souriant à la jeune femme.

— Plaise à Dieu ! Vous nous avez causé une grande frayeur. On vous a ramené en triste état et notre médecin a craint qu'une de vos côtes ne soit cassée et abîme votre poumon, mais fort heureusement ce n'est pas le cas. Il a dû utiliser de la fleur de pavot pour vous permettre de supporter la douleur et éviter que vous ne bougiez au risque d'aggraver vos plaies.

— Eh bien je lui en sais gré. Depuis quand suis-je ici ?

— Pratiquement une semaine, répondit Louise en ouvrant les volets. Ce sont vos exempts qui vous ont transporté chez nous. Votre bras droit Valenciennes vient tous les jours prendre de vos nouvelles. D'ailleurs il ne devrait pas tarder. Voulez-vous qu'on vous aide auparavant pour votre toilette ? Un petit coup de rasoir ne serait pas superflu.

Malo se laissa faire et bientôt on lui tendit un miroir où il put examiner son reflet pâle et amaigri.

— Louise savez-vous dans quelles circonstances l'on m'a trouvé ?

— Je crains de ne pas être en mesure de vous renseigner… Désirez-vous manger quelque chose ? Il faut vous revigorer préalablement à toute visite.

— Ce que vous voulez… Je souhaite surtout apprendre au plus vite ce qui s'est produit pendant que j'étais inconscient.

Arnaud pourra répondre à vos premières questions en attendant votre collègue. Je vais le chercher.

Le marquis de Saldagne marqua un franc enthousiasme en découvrant Malo assis prêt à prendre une première collation.

— Je vois mon grand que vous allez nettement mieux. Vous pouvez vous réjouir d'avoir une solide constitution, avec les coups que vous avez reçus plus d'un seraient passés de vie à trépas. De quoi vous souvenez-vous ?

— De mon combat avec le chef des ribauds de la cour des miracles… après c'est le noir total.

— Votre adjoint vous a sauvé grâce à l'intervention du fils de votre logeuse. Il a assisté à votre enlèvement et a couru le prévenir au Châtelet. À l'aide du signalement de l'un de vos assaillants, un géant à la face brûlée, Valenciennes a deviné l'identité de vos agresseurs et il a foncé avec tous les hommes disponibles pour vous délivrer. Vous lui devez la vie.

— Et Lénora, comment va-t-elle ? Elle aussi était prisonnière là-bas.

— Diantre… Je ne savais pas que vous aviez revu… votre épouse. Désolé, je ne puis vous en dire plus. Mais Valenciennes sera en mesure de tout vous révéler. Maintenant restaurez-vous et reposez-vous. Le médecin a précisé qu'il allait vous falloir plusieurs jours de convalescence avant de pouvoir reprendre une activité quelconque… Bien, je suis rassuré de vous voir ainsi réveillé, je vous quitte car je dois aller saluer Sa Majesté au Palais-Royal.

— Pouvez-vous d'abord me raconter les dernières nouvelles ?

— Volontiers. Les époux d'Orléans sont revenus à la cour et l'écho de leurs querelles incessantes se répercute partout où ils apparaissent. Le duc est d'une humeur massacrante depuis qu'il a appris l'existence de patachon menée par son ami le chevalier de Lorraine en résidence surveillée à Rome. On le dit amant de la princesse Colonna, l'envoûtante Marie Mancini… Je crois qu'il regrette presque la mansuétude de son frère envers son favori. Il aurait peut-être préféré le savoir au château d'If tout compte fait.

L'annonce ne surprit pas Malo : on avait monnayé le retour de Monsieur en garantissant un sort confortable à son amant.

— Et le roi, comment réagit-il face à cette situation ?

— Le malheureux a d'autres chats à fouetter. On dit La Vallière enceinte et il s'efforce de le cacher à Mme de Montespan qui est elle-même sur le point d'enfanter. Il évite de les croiser en s'enfermant avec Colbert et Louvois en salle du conseil afin de préparer le prochain voyage en Flandres… Mon ami, je dois vraiment vous quitter, ma visite au palais n'est pas que de pure forme : en réalité je suis chargé d'aller parler à Louvois afin de le persuader d'adopter un comportement plus modéré. Cet entêté use la patience de Son Altesse, qualité dont notre souverain est dépourvu, en accumulant récemment éclats et tirades intempestives au grand dam de son père Le Tellier, aussi m'a-t-il chargé de lui parler en ami ou tout du moins d'essayer.

Malo hocha la tête. Le marquis de Louvois manifestait une susceptibilité légendaire aggravée par un orgueil démesuré, faiblesses dont jouait Colbert dans la rivalité qui les opposait pour s'imposer auprès de leur suzerain. Arnaud allait avoir fort à faire.

Une fois le marquis parti, Malo finit son repas et attendit Valenciennes. Ce dernier, annoncé par Louise, se montra très heureux qu'il ait repris connaissance.

— Commissaire, j'ai cru un instant vous avoir à jamais perdu dans cette ruelle boueuse…

— Racontez-moi tout en détail.

Son adjoint s'exécuta, saluant l'initiative de Jacquot, le fils de sa logeuse, sans qui le sauvetage n'aurait pu avoir lieu. Dès qu'il avait eu la description du « brûlé », célèbre cagou au service du nouveau roi de Thune décidé à restaurer la gloire d'antan du royaume d'Argot, Valenciennes avait réuni le plus de monde possible pour forcer l'entrée de leur repaire avec l'accord de La Reynie. Il s'en était fallu de peu : à leur arrivée Malo gisait au sol, le chef des bohémiens s'apprêtait à l'achever. Valenciennes s'était contenté d'effectuer une courte percée sur leur territoire, juste le temps de délivrer son supérieur, ses hommes n'étant pas assez nombreux face à la nuée de fripouilles chauffées à blanc par le combat.

— … nous vous avons alors extirpé de leurs griffes et nous nous sommes empressés de nous replier.

— Et Lénora ?

Valenciennes était le seul à connaître la nature exacte des liens unissant Malo à la jeune femme entraperçue un soir devant chez lui.

— Je suis désolé… sur place, dans la cohue, je n'ai même pas remarqué sa présence. Je peux juste affirmer qu'elle s'en est sortie indemne car elle a confié cette missive à votre attention au Châtelet.

— Pourquoi ne l'avez-vous pas retenue ?

— Ce n'est pas moi qui l'ai reçue, par contre j'ai interrogé l'archer et sa description est bien la sienne, dit-il en déposant la lettre sur le bord du lit. Elle a eu raison de disparaître, ses anciens camarades de la cour des miracles la recherchent.

Malo saisit le billet d'une main crispée, il hésita un bref instant puis le décacheta. Lénora, de son écriture enfantine et hésitante, y présentait ses excuses et lui demandait de l'oublier son fils et elle, le suppliant de comprendre son désir de profiter encore un peu de l'enfant qu'il était avant de s'engager à le lui amener plus tard, en espérant qu'il lui accorderait son pardon.

Malo soupira en se calant sur les oreillers. Ainsi il avait vu juste : il était le père du garçon. Lénora aurait dû savoir que jamais il ne lui aurait arraché son fils et qu'au contraire, averti de son existence, il aurait pris soin d'eux, les aurait protégés. Où diable allait les entraîner le besoin de liberté de la jeune femme ? Un sentiment d'impuissance lui fit froisser le mot devant un Valenciennes gêné, qui n'osa reprendre la parole. Malo mit le courrier de côté, sur une table de chevet.

— Je suppose que vous avez continué de maintenir la toile étroite tissée autour de Farnese ?

— Soyez rassuré, le bougre ne peut faire un geste sans que l'on ne m'avertisse aussitôt.

— A-t-il revu la duchesse d'Orléans ?

— Cela lui a été impossible, elle est bien gardée par les agents du roi pour la sauvegarder des humeurs de Monsieur.

— Parfait… Et Salvator Braqui ?

— Sous surveillance vingt-quatre heures sur vingt-quatre. Il ne sort pratiquement plus de l'hôtel particulier proche de la place Royale. Un valet a été envoyé acheter des plantes somnifères à un herboriste réputé. D'après ce que l'on sait, il y a eu une bagarre. Angelo Braqui a d'ailleurs un œil au beurre noir et selon notre espion les relations avec son fils sont extrêmement tendues.

— Ma main à couper que Salvator est de nouveau en crise.

— C'est fort possible. Mais le valet que nous soudoyons n'a pas la possibilité de pénétrer dans l'appartement où réside le jeune homme. Nul ne le peut à part lui, son père et Farnese. La seule chose qu'il a su nous dire c'est qu'il a entendu les bruits d'une querelle et qu'on monte un plateau là-haut tous les soirs avec un breuvage à vertu sédative.

— J'en étais sûr, il est de nouveau incontrôlable. Renforcez le dispositif, il faut éviter tout dérapage jusqu'au départ de la cour dans le Nord. Cela ne devrait tarder… Après nous aurons enfin les mains libres.

Valenciennes acquiesça et s'empressa de prendre congé devant l'épuisement manifeste de son supérieur. Malo attendit que la porte soit refermée pour se laisser glisser sur les coussins en attrapant avec difficulté la lettre de Lénora qu'il défroissa avant de s'endormir.

Deux petites mains fraîches le réveillèrent en sursaut. Constance avait tiré parti de l'heure de la sieste pour échapper à la vigilance de sa nourrice et touchait son front ainsi qu'elle l'avait vu faire par sa mère. Elle aimait beaucoup Malo qu'elle voyait trop peu à son goût et dont les cadeaux faits à l'improviste avaient le don de l'émerveiller ; elle ne se séparait plus du dernier : une magnifique poupée aux yeux de verre. Le voyant ouvrir les paupières, un sourire fripon éclaira son minois constellé de tâches de rousseur.

— Maman m'a dit que vous alliez mieux… j'ai préféré vérifier cela par moi-même puisqu'on me cache tout, déclara-t-elle. Du moins n'avez-vous plus de fièvre, dit-elle en copiant instinctivement les intonations maternelles.

Malo réprima son hilarité devant l'air grave de l'enfant d'autant plus qu'une onde douloureuse au niveau du thorax le rappelait à l'ordre.

— Je me porte comme un charme, mademoiselle. Allez plutôt rassurer votre nourrice, elle va s'inquiéter.

— J'y suis toute disposée, reprit la petite avec un air de grande dame, à condition que vous voyiez Thomas.

— Et pourquoi cela je vous prie ? l'interrogea Malo arborant un air sérieux de circonstance, amusé par le toupet de la gamine.

— Je crois qu'il veut vous parler mais maman a exigé qu'on ne vous dérange pas… Puisque vous ne dormez pas, il peut venir n'est-ce pas ?

— Tu veux dire que je ne dors plus grâce à toi, coquine ! Va prévenir ta mère, qu'elle laisse le jeune d'Arcourt monter.

Piquée par un tutoiement jugé intempestif, l'enfant hésita un instant sur la réaction à adopter puis, conquise par le sourire du blessé, lui administra un baiser sonore sur la joue et se précipita annoncer la bonne nouvelle à celui pour qui battait son cœur innocent. Louise fit son apparition peu après suivie par le gentilhomme.

— Malo, je suis désolée que notre incorrigible friponne soit venue vous importuner. Êtes-vous sûr d'être en mesure de recevoir notre ami ? demanda-t-elle, soucieuse de ne pas épuiser le blessé qui venait à peine de recouvrer ses esprits.

Notre commissaire n'eut pas le temps de répondre car Thomas intervint immédiatement, désarçonnant Louise par ce comportement cavalier fort inhabituel.

— Monsieur je ne vous dérangerai pas longuement car je dois quitter Paris séance tenante. Je voulais juste vous avertir que j'ai retrouvé la piste de Charlotte, je pars sur ses traces tenter de l'empêcher de commettre une terrible erreur.

Louise porta les mains à sa bouche pour étouffer un cri, mélange de joie et de stupeur, tandis que Malo se redressait, toute acuité retrouvée.

À plus d'une centaine de lieues de là, bien loin de se douter des bouleversements qu'elle provoquait, Charlotte se répétait *Servabor rectore Deo*, « Je serai gardé, Dieu me guidant », devise de la ville de La Rochelle inscrite sur son blason, en découvrant son port et sa flotte royale. Cette maxime correspondait parfaitement à son souhait : s'en remettre à Dieu. Et comment ne pas croire en l'existence du Très-Haut lorsque l'on contemplait l'océan ? La jeune fille avait souvent entendu ses parents évoquer la beauté de la mer et le spectacle magnifique du ballet des vagues mais les mots ne pouvaient à eux seuls traduire la beauté que mère nature déployait sous ses yeux émerveillés. Après de longues journées entassée avec ses compagnes de voyage dans une modeste voiture, transbahutée sur de mauvaises routes, elle savourait ce bref moment où on l'avait autorisée à faire quelques pas sur la plage du port. Elle serra son chapelet dans la poche de son manteau et se sentit rassurée. Oui, son choix était le bon, il lui permettrait d'expier ses fautes.

Un peu à l'écart du reste du groupe, Charlotte laissa ses pensées vagabonder, sa vie avait pris un tournant tellement inattendu… Après que le valet de René d'Arcourt l'eut déposée devant les portes de l'Hôtel-Dieu, elle s'y était fait soigner avant de prendre la mesure de l'horreur des lieux où s'entassaient les indigents, couchés sur des paillasses malodorantes dont on se relevait rarement. Elle avait alors fui cette atmosphère terrifiante pour se diriger vers les berges de la Seine. Combien de temps était-elle restée ainsi à observer les flots, prête à s'y jeter tant son désespoir était grand ? Elle ne s'en souvenait point… Elle aurait certainement fini de cette manière si Dieu n'avait mis sur son chemin l'abbé Morin. L'homme d'Église venait de quitter son monastère dans l'intention de visiter un parent malade quand son cocher, forcé de faire un écart pour éviter un chien, faillit percuter Charlotte, réussissant de peu à l'éviter en se contentant de la frôler. L'ecclésiastique s'extirpa de son véhicule, soucieux du sort de la jeune fille, et tomba en arrêt devant sa beauté et la détresse poignante qui marquait son visage. Constatant qu'elle était indemne, son serviteur le poussait à remonter en voiture, cependant le prêtre sentit qu'il ne devait pas abandonner cette enfant dans la rue. Son valet lui proposa alors à voix basse d'emmener la fille à la Salpêtrière puisque c'était sur leur trajet mais l'abbé Morin ne put s'y résoudre. L'ancienne fabrique de poudre, lieu de confinement de la misère humaine, avait mauvaise réputation. Mendiants, fous, orphelins, infirmes, vieillards… y côtoyaient prostituées et criminels entassés dans les mêmes cachots, en général au pain sec et à l'eau, menés au fouet à la moindre velléité de rébellion pour tenir la cadence du travail forcé en atelier. Le prêtre ne pouvait tout simplement pas se résoudre à imaginer cette frêle créature à la si belle chevelure de feu, le crâne rasé, en robe de bure et bonnet de laine, livrée à la tyrannie des sous-officières dont il connaissait les abus.

— Non mon brave, nous allons au contraire faire un détour. Conduisez-nous à la maison de charité de Saint-Sulpice. Je préfère mettre cette jeune personne en sécurité chez sœur Madeleine, elle saura en prendre soin.

Charlotte se laissa faire comme un automate devant l'abbé attristé se demandant quelles épreuves avaient pu briser ainsi sa nouvelle protégée. Sœur Madeleine était une amie de longue date, aussi lui confia-t-il sa « trouvaille » en toute confiance avant de reprendre sa destination initiale. La religieuse n'était pas du genre à faire pénétrer sous son toit une brebis égarée sans savoir exactement à qui elle avait affaire. L'expérience lui avait appris à se méfier des apparences : les agnelles se révélaient parfois être de dangereuses diablesses. Dure mais juste, cette femme de tempérament choisissait ses pensionnaires avec soin. Elle soumit Charlotte à un interrogatoire poussé lors duquel la petite s'effondra en larmes en lui contant tout ce que lui était arrivé depuis le jour où, pour son plus grand malheur, elle avait donné son cœur au beau Jacomo. Sœur Madeleine comprit qu'elle avait devant elle un être écrasé par le poids de la culpabilité : celle d'avoir cédé sa virginité à un homme de rien en plongeant sa famille dans le déshonneur, sentiment aggravé par le fait d'avoir ensuite été souillée par un lâche, ce qu'elle pensait mériter à cause du plaisir éprouvé bien malgré elle, et, le pire de tout, la conviction insupportable d'avoir provoqué la perte de son frère. Persuadée que sa famille ne lui pardonnerait jamais les tragédies dont elle se jugeait responsable, la pauvre petite, accablée par le chagrin, n'avait pas de mots assez durs pour qualifier son comportement. Sœur Madeleine savait manifester une grande indulgence envers ceux qui se repentaient car elle avait elle aussi connu naguère un parcours chaotique. La religieuse vit en Charlotte une fille de bonne lignée, seulement coupable d'avoir commis de mauvais choix, qu'il fallait remettre sur le droit chemin et aider à réparer ses erreurs en l'incitant à consacrer dorénavant sa vie au service du Seigneur.

Lorsque son ami Jean Talon se fit annoncer le lendemain, elle devina un signe de Dieu et sut que la pénitente avait sa voie toute tracée. L'intendant de la Nouvelle-France choisi par Colbert en vue de réorganiser la colonie québécoise, aux prises aux attaques iroquoises et à des conditions de vie difficiles, avait pour objectif d'assurer l'avenir en faisant en sorte que les colons dénichent facilement une épouse dans ces terres lointaines et inhospitalières. Ce célibataire endurci était persuadé que le Canada ne serait prospère qu'avec la multiplication des familles et il prêtait une grande attention à la venue de nouvelles « filles du roi », chargeant de leur recrutement des personnes sûres comme sœur Madeleine à Saint Sulpice.

Charlotte incarnait la candidate idéale pour fonder un foyer catholique en terre païenne : jeune, en bonne santé, de bonne naissance, dotée d'un fort désir d'expiation, toute prête à saisir la chance d'un nouveau départ et à mettre sa destinée entre les mains de Dieu afin d'obtenir son pardon. Elle fut d'abord surprise par l'invitation à se joindre au prochain convoi des filles du roi faite par l'intendant. Après réflexion quel autre choix se présentait à une créature dans sa situation, démunie de ressources et dans l'impossibilité de renouer avec ses parents ? Charlotte était certaine d'avoir été reniée par les siens et c'était somme toute préférable qu'ils la croient morte. Elle savait ne pas posséder les qualités nécessaires à la vocation de religieuse, c'est pourquoi partir en Nouvelle-France lui parut la seule façon de donner un sens à sa misérable existence. Sœur Madeleine encouragea cette décision car elle craignait que le chagrin n'anéantisse sa protégée si on ne lui proposait pas une opportunité de rédemption. Le temps de constituer son trousseau et ce fut le moment du départ en petit contingent dûment chaperonné en direction du port de La Rochelle. Après d'interminables journées en voiture, malmenées par la route, elles avaient finalement rallié leur destination. Charlotte avait du mal à imaginer qu'elle allait embarquer à bord du *San Esteban* pour de longs mois de traversée hasardeuse à voguer vers sa nouvelle patrie. Bientôt elle affronterait des conditions extrêmes avec l'espoir que des vents favorables la conduiraient au seuil d'une nouvelle vie sans se douter que son ancien fiancé avait remué ciel et terre afin de la retrouver, jusqu'à frapper un soir à la porte de sœur Madeleine. Le gentilhomme l'avait convaincue de sa totale mansuétude envers Charlotte à l'instar de celle de ses parents et de son frère jumeau, brisés par son absence, réunis à Mont Menat dans l'expectative de son retour. Sœur Madeleine comprit que le mieux pour la jeune fille était de revoir les siens et elle lui confia son projet. Depuis ses prières l'accompagnaient : arriverait-il à temps ?

14

Avril 1670

Confortablement installé dans l'orangerie de l'hôtel Bessières, Malo prenait son repas tout en observant à travers la baie vitrée la petite Constance occupée à jouer à la marelle en compagnie de la fille d'une domestique. L'enfant était concentrée sur le palet qu'elle poussait à cloche-pied le long des cases tracées sur les pavés de la cour intérieure. Les rubans de sa coiffure virevoltaient au rythme de ses cabrioles, toute son attention consacrée au succès d'un parcours jusque-là magistral. Elle parvint à atteindre le ciel avec un grand cri de joie, prenant aussitôt sa camarade par la main pour la consoler de sa défaite en lui tendant un bonbon. Les fillettes offraient un tableau charmant et Malo ressentit un pincement au cœur en songeant qu'il ne connaîtrait peut-être jamais son fils. Malgré les directives données à Valenciennes de mettre la main au plus vite sur Lénora, la gitane et son garçon demeuraient introuvables. Malo craignait la vengeance des ribauds de la cour des miracles à l'encontre de celle qu'ils considéraient comme une traîtresse. Il voulait l'en protéger mais la jeune femme semblait avoir disparu de la surface de la terre. Notre commissaire était bien décidé à mener les recherches dès sa reprise de fonctions au Châtelet et justement le médecin venait de l'autoriser à recommencer une activité normale : il était temps. Malo avait immédiatement prévenu sa hiérarchie et reçut en retour une invitation du lieutenant général à se rendre le soir même à son domicile avant qu'il ne se replonge dans les affaires en cours, dont celle du tueur de Versailles.

Une soubrette passa rapidement la tête dans l'embrasure de la porte en quête de sa maîtresse car deux visiteurs étaient annoncés. Malo lui indiqua les cuisines où Louise concoctait de nouvelles recettes avec l'aide de son chef. Une minute après il entendit un cri provenir des offices. On vivait une époque troublée où les voleurs n'hésitaient plus à dévaliser en plein jour les riches demeures sous les déguisements les plus variés, aussi se saisit-il d'un couteau pour se précipiter au secours de la maîtresse des lieux. En pénétrant dans la vaste salle il vit immédiatement Louise au sol, deux hommes, de dos, la soutenant. Malo comprit qu'elle était tombée en pâmoison, rien d'étonnant avec les derniers corsets à la mode, si serrés qu'ils vous laissaient à peine respirer, et demanda des sels à un valet avant d'avancer une chaise afin qu'on l'asseye. Ce ne fut qu'à cet instant qu'il reconnut Thomas d'Arcourt et son comparse, un magnifique garçon dont le chapeau dissimulait mal la crinière rousse : l'apparition qui avait provoqué le malaise de Louise, Charlotte en chair et en os !

La jeune fille guettait sa réaction et, devinant qu'elle l'appréhendait, il s'empressa de la saluer avec chaleur.

— Charlotte, quel bonheur de vous voir dans cette maison !

Puis il se tourna vers Thomas :

— Vous avez réussi, félicitations !

D'Arcourt bomba le torse, heureux de recevoir les compliments d'un homme qu'il admirait. Louise émergea enfin de ses vapeurs et se redressa en se précipitant sur Charlotte afin de la serrer contre elle, le visage baigné de larmes.

— Oh ma chère enfant, comme nous avons craint de vous avoir perdue à jamais... Merci Thomas, merci de l'avoir ramenée chez nous. François et Nolwenn vont être si heureux !

Charlotte parut soulagée par cet accueil et Thomas enchaîna :

— Vous voyez ma mie, je vous l'avais dit, toute votre famille vivait dans l'espérance de cet instant. Ah, déclara-t-il en se tournant vers son hôtesse, cela n'a pas été chose facile que de la convaincre de ne pas s'embarquer pour le Nouveau-monde. Charlotte était persuadée qu'on préférait ne plus entendre parler d'elle.

— Vous vous trompiez lourdement jeune fille, intervint Arnaud en surprenant la scène alors qu'il rentrait après avoir assisté au réveil du roi.

— Mon oncle, murmura Charlotte, très émue en recevant son baiser.

— Vos parents sont fous d'inquiétude et votre frère fort affligé depuis votre disparition, vous leur avez causé bien du chagrin. Il faut les prévenir immédiatement.

— C'est fait, lui répondit Thomas. J'ai envoyé un courrier de La Rochelle et ils ne devraient pas tarder à le recevoir, si ce n'est déjà le cas.

— Mon dieu que d'émotions, que d'émotions, répéta Louise en se lovant contre son mari tandis que Constance, attirée par la voix de son père, découvrait avec ravissement la présence de sa cousine dans les bras de laquelle elle se précipita pour l'embrasser.

Puis ce fut le silence brisé par une Constance surexcitée tirant Charlotte par la main en piaillant afin qu'elle la suive jouer à la marelle. On ne résistait pas à l'impérieux angelot : Charlotte obtempéra et elles s'éloignèrent suivies par Louise.

Arnaud et Malo congratulèrent de nouveau le jeune d'Arcourt et l'écoutèrent conter son périple sur les routes de France, comment il avait poussé sa monture, au point de la crever, dans l'espoir d'atteindre le *San Esteban* avant son départ qui par chance, du fait de vents défavorables, n'avait pas encore appareillé à son arrivée. Il avait eu toutes les peines du monde à persuader l'accompagnatrice des filles du roi de l'autoriser à parler à sa protégée et davantage à lui permettre de regagner Paris en sa compagnie. Mais ce ne fut rien comparé à la difficulté de décider Charlotte à le suivre, du moins jusqu'à ce qu'il lui révèle l'horrible mensonge proféré par son frère René. L'annonce que Philippe, son jumeau, était bel et bien en vie l'avait pétrifiée, pulvérisant l'énorme poids de sa culpabilité, la laissant sonnée mais disposée à écouter le plaidoyer la suppliant d'abandonner son projet expiatoire d'exil au Canada. Déguisée en homme pour plus de sécurité, la jeune fille avait préféré regagner Paris plutôt que

Mont Menat, désireuse de se ménager un répit avant une entrevue redoutée avec son père. Sa résolution était confortée par le refus de prendre le risque de croiser l'aîné des d'Arcourt, son tortionnaire. L'hôtel Bessières leur avait paru la meilleure destination. Malo approuvait leur choix : François était un sanguin, il valait mieux en effet différer les retrouvailles afin qu'elles se déroulent dans un climat apaisé, propice aux réconciliations.

— Mon garçon, maintenant que vous avez ramené Charlotte parmi nous quelles sont vos intentions ? l'interrogea Arnaud. Allez-vous regagner vos terres d'Auvergne ?

— Je ne pense pas. Ma famille ne verrait pas mon retour d'un bon œil…

— Et encore moins celui de Charlotte, compléta le marquis. Vous songez donc à rester à Paris ?

— Pour l'instant oui. À dire vrai je compte toujours convaincre Charlotte de m'épouser et j'espère que son père donnera son aval à notre union, conclut Thomas avec fougue.

Arnaud sourit, l'amour du jeune homme à l'égard de sa nièce ne faisait aucun doute. Toutefois la situation avait évolué, ce serait à François d'en décider et le marquis souhaitait ouvrir un champ de possibilités plus large à sa nièce pour laquelle il éprouvait une vive affection.

— Je vous comprends mais gardez à l'esprit que rien n'est fait. Je vais parler de vous au Palais-Royal. J'ai la bonne fortune d'être bien en cour auprès de la marquise de Montespan et je suis sûr qu'elle concourra à vous placer avantageusement. En attendant reposez-vous, vous l'avez mérité.

D'Arcourt sortit rejoindre ces dames.

— Ainsi vous êtes en faveur, que vous vaut cet honneur ? demanda Malo un brin moqueur.

— Le rappel à plus de pondération de ce cher Louvois. L'impétueux ministre a eu des mots avec la maîtresse du roi et, suite à notre conversation, il a présenté des excuses particulièrement appréciées. Notre amie m'en est reconnaissante et m'a convié à lui rendre visite il y a quelques jours, alors qu'elle vient tout juste d'accoucher d'un nouvel enfant du roi. Je l'ai si bien divertie qu'elle m'a invité de nouveau ce soir… En réalité elle s'ennuie car Sa Majesté passe son temps à préparer le déplacement de la cour en Flandres. Si je lui conte le récit épique des romances de nos deux tourtereaux, je suis sûr que cela suscitera sa sympathie et qu'elle souhaitera servir leur intérêt.

Malo hocha la tête, amusé de constater que le marquis maîtrisait à la perfection l'art de la courtisanerie, pas mécontent d'apprendre le camouflet infligé à l'orgueilleux Louvois obligé de faire amende honorable. Notre commissaire n'appréciait guère ce personnage dont il connaissait les excès, capable notamment d'encourager les méthodes délétères des sergents recruteurs chargés d'enrôler de force de pauvres bougres dans les rangs de l'armée en allant jusqu'à les torturer afin qu'ils signent leur engagement et cela en toute impunité.

Il laissa le marquis rejoindre son épouse et alla se préparer avant son entretien avec son supérieur. Il voulait flâner à cheval le long des avenues de la capitale et voir s'il pouvait rester aisément en selle. Lorsqu'il sortit de l'hôtel Bessières, il s'enfonça avec bonheur dans l'agitation des rues parisiennes. Sa première destination fut son domicile où il n'avait pas remis les pieds depuis sa convalescence, tout y était impeccable : sa logeuse y avait veillé. Il alla la saluer et profita de l'occasion pour remercier son fils, le petit Jacquot, sans l'intervention duquel jamais Valenciennes n'aurait pu le secourir. Le gamin ouvrit de grands yeux en recevant la pièce qu'il lui glissa dans la main, c'était un véritable trésor et les compliments l'accompagnant le remplirent de fierté.

Il était l'heure de prendre le chemin de la rue de Grenelle, adresse de l'hôtel de Mouy où Malo avait rendez-vous. C'était la première fois qu'il y était convié et il savait que c'était une marque d'estime de la part du lieutenant général. Malo s'étonna dans un premier temps du peu de gardes affectés à la surveillance du bâtiment mais, à y regarder de plus près, il reconnut les meilleurs éléments du Châtelet. La Reynie refusait de trop s'entourer toutefois il le faisait de manière efficace, adjectif qui caractérisait tout ce qu'il entreprenait. Sa position lui attirait tant de haine qu'il savait devoir se protéger, d'autant que l'assassinat de Jacques Tardieu, ancien lieutenant criminel de Paris, égorgé en son hôtel du quai des Orfèvres, marquait encore les esprits. La Reynie pouvait compter sur ses agents depuis qu'en échange d'une réelle implication dans leur travail difficile il leur avait obtenu le statut de fonctionnaire avec un traitement annuel, les libérant d'un système de rémunération à l'acte, pernicieux par nature car il favorisait leur corruption.

Un valet précéda Malo le long des couloirs puis l'introduisit dans une pièce de belle taille au centre de laquelle trônait un gigantesque bureau encombré d'une multitude de rapports, procès-verbaux, dépositions, réclamations, ordonnances… Cela n'étonna pas le commissaire contrairement à la découverte de certains ouvrages disposés sur les rayonnages de l'énorme bibliothèque meublant les murs. À côté de multiples volumes scientifiques pointus, il eut en effet la surprise de trouver des livres de poésies dont certains en latin ou en grec. Il connaissait la passion légendaire de son employeur pour les estampes : il était l'un des plus gros collectionneurs de la capitale, cependant il éprouvait un peu de mal à imaginer cet homme au visage sévère s'extasier en lisant des vers. Et pourtant… Les dames ne disaient-elles pas que le secret de la réussite du lieutenant général, simple bourgeois de robe bordelais arrivé aux plus hautes marches de l'administration royale, résultait d'un chagrin d'amour ? La mort de sa première femme, épousée sans dot à vingt ans, ainsi que la perte de trois de leurs enfants avaient transformé le jeune idéaliste en bourreau de travail qui n'épargnait pas ses heures, s'efforçant par l'épuisement d'anesthésier sa peine.

Malo reposa rapidement l'ouvrage qu'il examinait car il entendait des pas annonçant l'entrée du maître des lieux. La Reynie s'assit et invita son hôte à l'imiter, tout en prenant des nouvelles de sa santé. Malo le rassura.

— Je suis bien aise de vous voir sur pied. Il aurait été fâcheux de perdre un élément de votre valeur à cause de ce maudit Coësre… Nettoyer les rues de cette faune infâme est un combat perpétuel, plus ardu je crois que celui mené afin d'endiguer la peste. Que voulez-vous, la misère et le désespoir poussent les plus fragiles à basculer dans la criminalité et comment l'éradiquer quand les grands méprisent l'obligation de probité que leur rang devrait leur imposer…

Malo perçut l'amertume du ton. Dans une société de classe où le clientélisme était roi, il était épineux de mettre de l'ordre surtout lorsque l'aristocratie semblait mettre un point d'honneur à bafouer la loi tout en exigeant son respect le plus strict par les petites gens, perpétuelles victimes d'abus odieux. Cela choquait le fidèle serviteur de l'État aux méthodes vigoureuses mais au cœur noble, attentif à ce que la justice garde le souci d'une certaine intégrité à défaut d'équité.

— Vous allez pouvoir boucler le dossier Farnese. Je viens d'avoir confirmation par Colbert du départ de la cour fin de ce mois, le Vénitien devra être arrêté le jour même pour interrogatoire au Châtelet. Le roi nous laissera une lettre de cachet nous autorisant à procéder à l'exécution du ou des coupables… Paris peut être à feu et à sang, seul Versailles doit être préservé à tout prix, conclut La Reynie visiblement agacé.

Il supportait mal de voir octroyer les ressources nécessaires à son action à l'aune d'un Louis XIV n'accordant d'intérêt qu'à ce qui lui importait, négligeant cruellement les besoins d'assainissement d'une capitale détestée. Fort heureusement, Colbert, convaincu de l'importance de Paris, vitrine du royaume, contrebalançait la désaffection du roi envers la première ville de France.

Malo comprenait l'irritation de son supérieur, d'autant que Valenciennes lui avait appris qu'on venait d'obliger un collègue à détruire des preuves obtenues après de longs mois d'enquêtes sur une série de meurtres crapuleux pour lesquels le coupable, un proche de Monsieur, nonobstant des charges accablantes, ne serait pas inquiété.

— Lorsque vous questionnerez Farnese, tâchez de savoir quelle est sa participation dans la distribution de pamphlets de plus en plus virulents qui se déversent dans nos rues. J'ai fait arrêter sur notre sol un diffuseur de gazettes étrangères particulièrement véhémentes et il a livré son nom à Graham. Tenez, voici le procès-verbal…

Malo prit le document transcrivant les écrits séditieux et lut avec stupéfaction le portrait qu'on y dressait de Louis XIV :

Fléau de Dieu, Tyran des âmes,
Cruel Bourreau des gens de bien…
Sache que malgré ton or, tes soldats et ta cour,
Il faut, chien enragé, que tu périsses un jour.
Nous allons bientôt voir ta charogne pourrie,
Comme celle d'un chien jetée à la voirie,
Et ton cadavre infect dévoré par les vers
Pousser, en s'exhalant, la peste dans les airs.

— On n'y va pas de main morte… On est fort loin des propos du *Mercure Galant* ou des *Nouvelles ordinaires*.

— Point s'en faut et ce n'est qu'un parmi tant d'autres. Celui-ci vient de Hollande mais plusieurs sont imprimés à Paris même et je dois y mettre le holà. Il faut censurer ces textes au plus vite et neutraliser leurs auteurs. On sait que Farnese contribue à leur propagation. Obtenez le plus d'informations possibles lors de son interrogatoire et découvrez les mobiles qui l'animent avant qu'on ne l'exécute… De son côté Sa Majesté va s'entretenir avec la duchesse d'Orléans pour connaître les raisons qui l'ont poussée à fournir un alibi à un tel énergumène... Nous pourrons dès lors mettre un point final à cette affaire.

— Ce sera fait, monsieur.

Malo se retira et deux nouveaux visiteurs furent immédiatement introduits à sa place, à croire que La Reynie ne prenait jamais de repos.

Notre commissaire décida de se rendre au Châtelet pour y préparer la prochaine arrestation de Farnese et de ses complices. Il bénéficiait d'une domesticité nombreuse et zélée qui ne rendrait pas la chose aisée. Malo se faisait fort d'obtenir des aveux complets et de mériter ainsi la confiance placée sur ses épaules. Ses plans n'allaient malheureusement pas se dérouler comme prévu...

15

Début mai 1670

Partie avec la cour sur les routes de France, recroquevillée sur la banquette de son carrosse, Henriette-Anne pleure en silence sous l'œil gêné de ses familiers ; elle est à bout de nerfs. La jeune femme vit un véritable enfer depuis la découverte par son mari, le duc d'Orléans, du véritable but de l'expédition décidée par son aîné : non point visiter les places de Flandres tout juste arrachées aux Espagnols, mais accompagner en réalité la duchesse jusqu'à Dunkerque où elle doit embarquer et rejoindre son frère Charles II qui l'attend à Douvres. Le suzerain d'Angleterre l'y accueillera dans l'optique de négocier une alliance primordiale : obtenir le soutien britannique dans la guerre que Louis veut mener contre la Hollande, ainsi que la conversion du souverain anglais au catholicisme.

Informé du rôle diplomatique imparti à Madame, divulgué par un courrier du chevalier de Lorraine, toujours à Rome mais néanmoins fort bien renseigné par ses espions infiltrés dans l'entourage d'Henriette-Anne pour briser définitivement le couple, Monsieur ne décolérait pas. Obligé de se plier à la décision royale, il avait feint de s'y soumettre, alors qu'en fait il se vengeait sur sa malheureuse épouse. Le pire c'était les violences physiques et les humiliations qu'il avait pris plaisir à lui infliger chaque nuit durant les semaines précédant leur départ, forçant tous les soirs la porte de sa chambre, l'obligeant à subir ses assauts dans l'espoir de la mettre enceinte ce qui aurait empêché ce voyage. Tourments inutiles, car le corps de la pauvre Minette était exsangue, son accouchement du mois d'août l'avait épuisée.

En dépit des serments de Louis XIV on l'a donc peu préservée des excès de Philippe et de ses mesquines exigences : il a obtenu qu'on ne lui accorde que trois petits jours avec son frère, non à Londres comme elle l'aurait souhaité mais à Douvres, et encore a-t-elle dû batailler ferme pour s'y rendre seule.

Minette ne vit plus dorénavant que dans l'attente de ce rendez-vous car elle n'arrive plus à concevoir de partager l'existence de cet être insupportable qui la martyrise sans que quiconque n'intervienne vraiment. Elle laisse les larmes couler sur ses joues s'efforçant d'évacuer la tension nerveuse qui crée un étau autour de sa poitrine. Sa pire crainte est de ne pas être en mesure de rencontrer son frère : les aléas de l'expédition l'exténuent de plus en plus. La cour a quitté Saint-Germain le vingt-huit avril en grande pompe – famille royale, grands seigneurs et toute leur domesticité protégés par une armée de trente mille hommes. Au début, étiquette oblige, elle a dû monter dans le carrosse royal avec Sa Majesté, ses femmes, son frère et Mlle de Montpensier. Quelle épreuve ! Quand elle a pu obtenir un semblant de calme dans son propre véhicule, elle n'a fait que sangloter, mélange de soulagement et de nervosité incontrôlable. Loin des méchancetés du duc, elle aurait voulu recouvrir un esprit dispos afin de savourer la promesse de retrouvailles ardemment souhaitées, mais il lui faut gérer la suite de deux cents serviteurs qu'on lui a allouée et braver la dureté des chemins d'un itinéraire mal préparé, transformé en cauchemar par des averses diluviennes. Depuis la veille cela empire : les équipages s'embourbent dans les marais au point que certains chevaux meurent d'épuisement, les bagages transportés à dos de mulets ne peuvent suivre leur propriétaire et l'on se voit dans l'incapacité d'effectuer les étapes initialement prévues, au grand dam de Louvois tenu personnellement responsable par Son Altesse du chaos ambiant.

Soudain Henriette-Anne serre les poings ; sa voiture ne bouge plus malgré les cris du cocher pour forcer l'attelage à avancer.

— Il fait nuit, nous n'allons tout de même pas rester ici, dit-elle d'une voix blanche en cherchant du regard un réconfort qui ne vient pas, nul ne se risquant à lui répondre.

Dehors c'est l'affolement général : ces messieurs ne sont pas d'accord sur la conduite à tenir, ces dames poussent de hauts cris à l'idée d'être exposées à la fraîcheur de la nuit alors qu'elles sont déjà frigorifiées, houspillant leurs serviteurs qui ne savent plus à quel saint se vouer. Louvois n'ose annoncer au roi la triste nouvelle : on est à proximité de Landrecies comme prévu, mais la Sambre est sortie de son lit et le gué où l'on devait passer est infranchissable. Tête basse, le marquis se décide à affronter son suzerain. Louis est excédé, il a utilisé d'énormes sommes d'argent pour que son cortège d'apparat ébahisse son peuple par sa magnificence et ce dernier offre à présent bien piètre allure : crotté, ruisselant, bêtement bloqué par la pluie, soumettant le Roi-Soleil aux lois de dame nature à l'égal du plus humble de ses sujets. Mâchoires serrées, il écoute son conseiller l'informer qu'il doit se résoudre à rejoindre une maisonnette repérée à quelques centaines de mètres et attendre qu'on puisse traverser. Louis, pâle de fureur, lui fait un signe d'assentiment de la main en lui indiquant de se retirer. Des laquais sont chargés de communiquer l'annonce qui n'enchante personne.

Henriette-Anne est transie de froid, elle voudrait courir auprès du feu allumé dans l'habitation, hélas elle est tenue de prendre son mal en patience car ses domestiques doivent l'y porter seulement après qu'on aura secouru la reine, étiquette oblige. Elle ne supporte plus le bruit des jérémiades de Marie-Thérèse qui, pour s'être empressée inconsidérément de descendre de voiture, se voit embourbée jusqu'aux genoux, furieuse d'être ainsi prise au piège mais encore plus contrariée à l'idée de devoir gagner un minuscule refuge dans lequel il va falloir se tasser en nombre. Louis, excédé, s'emporte et enjoint la reine de se taire. L'ambiance est glaciale et chacun à son arrivée dans la masure tente de se réchauffer sans réel succès devant l'unique petit âtre. Henriette-Anne se sent proche de craquer lorsqu'elle croise les yeux de son mari, luisant de haine, manifestement réjoui par sa mine épouvantable. Ne s'est-il pas vanté la veille, en sa présence, qu'on lui a prédit plusieurs épouses, arguant que ce ne serait guère surprenant vu l'affaiblissement de son état, s'enquérant perfidement s'il ne serait pas plus raisonnable qu'elle n'embarque pas pour Douvres mais demeure plutôt à Dunkerque afin de se reposer.

Ah non, elle ne lui accorderait pas ce plaisir, aussi se précipite-t-elle sur l'infâme potage figé dénué de goût qu'on leur a fait porter de la ville. Elle en avale chaque cuillerée avec un air de défi en se contraignant à mastiquer la cuisse de poulet qui suit, si dure qu'elle a peur de se casser une dent. Des matelas sont jetés à même le sol et Henriette-Anne va s'étendre auprès du roi. Philippe frémit de colère et s'allonge contre elle, faisant en sorte de se retourner et de la bousculer à chaque fois qu'elle semble être sur le point de s'assoupir. Aucun d'entre eux ne parvient à fermer l'œil. Tendu comme un arc, le roi attend le retour de Louvois. Le ministre réapparaît à l'aube, les traits tirés, entièrement crotté, on peut enfin repartir un pont de fortune ayant été dressé à la hâte. Henriette-Anne se force de nouveau à boire du bouillon avant de regagner son véhicule en évitant son époux.

Dès que le cortège atteint Landrecies elle n'a qu'une seule envie, s'enfermer dans la chambre qui lui est réservée. Lorsqu'un valet se présente en annonçant le souper, elle décline l'invitation et demande qu'on lui monte juste un peu de lait chaud, elle souhaite se coucher tôt ce qui n'est pas dans ses habitudes. Quand on en informe le roi il décide d'aller lui parler.

— Madame, dit-il en frappant à la porte, nous aimerions prendre de vos nouvelles.

Dans la pièce c'est le branle-bas de combat, une suivante tend une robe de chambre à sa maîtresse pour qu'elle puisse s'extirper de sous les édredons où elle se réchauffait, tandis qu'une autre lui relève les cheveux d'une main experte en un joli chignon pendant que Henriette-Anne se pince les joues dans l'espoir d'avoir meilleure mine. Se rasseyant sur son lit, buste redressé, elle ordonne d'un geste qu'on mette l'unique chaise de la pièce en face d'elle. Ce n'est qu'à cet instant qu'on permet au monarque d'entrer.

Louis ne manifeste pourtant aucun signe de l'impatience qui le caractérise. Il souhaite que sa belle-sœur soit dans les meilleures dispositions possibles pour représenter la France, aussi est-il prêt à la ménager et à faire preuve de longanimité. De ce fait il n'a toujours pas abordé la question qui le taraudait depuis que La Reynie lui a fait lire son rapport dévoilant l'aide apportée par Henriette-Anne à ce Farnese de malheur. Ce dernier, à n'en point douter, est l'auteur des actes barbares commis à Versailles, doublé d'une participation active aux forces séditieuses œuvrant dans l'ombre au cœur du royaume pour affaiblir la monarchie. Dédaignant le siège qu'on avance vers lui, il s'assied sur le lit à côté d'Henriette-Anne et lui prend la main.

— Êtes-vous souffrante Madame, voulez-vous que nous fassions quérir notre médecin personnel ?

— Non point… j'ai besoin de repos, c'est tout.

— Tant mieux chère amie, le contraire nous aurait attristé. Ne devriez-vous pas vous sustenter de manière plus consistante ? s'émeut Louis en désignant le verre de lait posé sur un plateau.

— Je remercie Votre Majesté de sa sollicitude mais ce soir je ne pourrai rien avaler de plus…

— Votre bien-être est notre souci Madame… Qu'on nous laisse seuls.

Sur son ordre tous les serviteurs quittent la pièce qui paraît subitement plus grande.

— Ma sœur, maintenant que nous sommes entre nous, je désirerais vous entretenir d'un point obscur à éclaircir.

— Si je puis vous fournir une aide quelconque…

— J'aimerais connaître la raison pour laquelle vous avez apporté votre soutien au dénommé Della Farnese, ce damné Vénitien qui se cache parmi mes courtisans, semant la mort et encourageant la félonie.

Ces paroles prennent Henriette-Anne complètement au dépourvu. Elle blêmit en entendant le roi lui énoncer les chefs d'accusation établis à l'encontre de Farnese auquel on lui reproche, en outre, d'avoir fourni un alibi. La jeune femme est effondrée. Lorsque Providence lui a demandé sa protection juste après l'épisode du serpent, plaisanterie qui selon ses dires aurait mal tourné, elle a simplement voulu couvrir un acte irréfléchi et éviter que Farnese ne se batte avec le chevalier de Lorraine. Au vu de ce que vient de lui révéler le roi elle comprend qu'elle a été manipulée par un dangereux individu.

— Sire, je vous jure n'avoir pas agi par malice… J'ai été trompée, cet homme a abusé de ma naïveté et je n'ai pas mesuré la portée de mes propos simplement destinés à apaiser la situation afin d'éviter un éclat avec Monsieur. Jamais je ne me serais doutée…

Louis la regarde intensément avant de légèrement s'incliner.

— Me voici rassuré Madame, aussi soyez-le à votre tour. Cet infâme personnage ne vous ennuiera plus, j'ai donné des ordres en ce sens. Je vous laisse vous reposer, si vous désirez quoi que ce soit faites-le savoir… et ne vous tourmentez point, vous ne serez pas dérangée. Bonne nuit.

La nuque raide, la jeune femme l'observe franchir le seuil de la porte et s'écroule ensuite sur les oreillers. Elle est incapable d'empêcher son corps de trembler, parcouru de longs frissons qui n'ont rien à voir avec le froid. Ses pensées volent vers Providence : dans quel but l'a-t-il ainsi manœuvrée ? Pourquoi lui avoir dissimulé des agissements coupables en l'incitant à mentir sachant qu'il la mettait en danger ? Henriette-Anne sent les larmes lui monter aux yeux ; leur amitié n'était-elle que duperie, n'y a-t-il donc personne en qui elle puisse avoir confiance ? Elle parvient à afficher un semblant de calme en se répétant qu'au moins elle a l'assurance que son époux ne viendra pas lui chercher querelle ce soir-là. Elle rabroue ses dames de compagnie qui veulent la réconforter et exige de rester seule. Elle réclame simplement le médaillon contenant le portrait de son frère, pour s'endormir en l'embrassant, et oblige son esprit à se détourner de la peine dévastatrice causée par la trahison de Providence.

Au même instant, à plus de cinquante lieues de là, les hommes du guet dirigés par Valenciennes attendent les instructions de Malo, prêts à investir l'hôtel particulier de Della Farnese. Malo préfère effectivement procéder discrètement de nuit à son arrestation, on surveille donc le moment où les domestiques éteindront les dernières bougies pour investir la place. Le quartier tout entier sombre dans le sommeil et l'on n'entend bientôt plus que le remue-ménage habituel des chats de la capitale, auquel nul ne prête plus attention, lorsqu'un hurlement à figer le sang fend l'obscurité.

Malo et Valenciennes échangent un regard avant de se diriger d'un pas vif vers l'entrée principale quand une clameur provenant de la ruelle côté jardin précède l'irruption d'un archer tout essoufflé :

— Commissaire… y en a un couvert de sang qui s'est débiné par l'arrière… deux de mes gars sont à ses trousses !

— Vite, pas une minute à perdre, investissez les lieux !

Valenciennes siffle énergiquement entre ses doigts et tous les policiers pénètrent dans la demeure, Malo à leur tête. Ils croisent des domestiques épouvantés dont celui rétribué grassement pour moucharder. Malo l'empoigne au collet :

— Où est Della Farnese, que diable s'est-il passé ?

— Je ne sais, monsieur… Mon maître venait de finir de souper et s'apprêtait à se coucher quand une dispute a éclaté entre lui et le jeune Braqui. Je crois qu'Angelo a tenté de s'interposer avec l'aide de M. Coysevox… Je les ai entendus crier puis plus rien. Après j'ai juste vu Salvator quitter la pièce en courant, ses habits couverts de sang, répond le valet en se signant.

— Allons-y, ordonne Malo en s'emparant d'une torche tout en se hâtant vers les appartements principaux.

L'obscurité y règne avec, pour seule présence, les gémissements d'un homme. Quentin Coysevox, prostré, serre contre lui la dépouille d'Angelo Braqui en pleurant. Malo tente de lui arracher une explication mais il continue de bercer le défunt, dans l'incapacité totale de lui répondre tellement il est choqué. Il parvient seulement à indiquer la pièce du fond de la main. Malo s'y précipite pour trouver Della Farnese baignant dans son sang, le crâne fracassé quoique toujours conscient. Avec précaution il le fait installer sur son lit et envoie quérir un médecin. L'aristocrate saigne abondamment.

— Que vous est-il arrivé ? s'enquiert Malo.

— De Rohan Montauban… je savais que vous ne tarderiez pas à venir me chercher… je n'ai guère été prudent avec Gondrin… sans parler des pamphlets…

Les pensées embrouillées il porte la main à sa tête qu'il repose toute rougie. Le drame lui revient subitement à l'esprit.

— Mon dieu où est-il ? Angelo, je l'ai vu s'effondrer… Salvator hurlait… Oh par la Santa Madone, où est-il ?

— Votre serviteur est mort… C'est le prix à payer lorsque l'on couvre les agissements d'un criminel.

— Non, pas Angelo… Le pauvre m'avait prévenu que c'était une folie de vouloir le garder enfermé ici. Angelo pardonne-moi…

Les larmes coulent sur les joues de Della Farnese.

— Je ne pensais pas qu'un tel drame fût possible… Il ne voulait pas cela, il n'est pas conscient de ses actes… il est malade… Je croyais que les plantes que nous lui donnions l'apaiseraient jusqu'à ce que la crise soit passée. Où est-il ?

— Il s'est enfui, mes hommes sont à sa recherche.

— Je vous en prie ne lui faites pas de mal… Il est comme un enfant perdu dans les ténèbres… Les voix qui l'envahissent le martyrisent, le poussent à tuer. Quand elles se taisent il redevient lui-même, le plus doux de mes compagnons.

— Ces voix sont malheureusement indissociables de sa personne. Il est extrêmement dangereux, il a commis de nombreux meurtres et continuera si on ne l'arrête pas. Qui attaquera-t-il la prochaine fois ? Je ne sais qui est le plus fou des deux, lui, ou vous de l'avoir couvert.

— Je l'aime comprenez-vous… Et puis ceux à qui il s'en est pris n'étaient pas dignes de vivre. Ils méritaient leur sort… Sa femme… elle sollicitait juste du secours.

— La jeune noyée du canal ? demande Malo surpris.

— La malheureuse est tombée sur cette maudite marquise de Manicamp qui l'a fait arrêter sans la moindre humanité… en voulant s'échapper elle est tombée à l'eau… Son épouse est morte à cause d'eux.

Della Farnese semble au bord de l'évanouissement.

— Pourquoi, que s'est-il passé, quel est le point de départ de tous ces crimes ?

— Les enfants, ce sont les enfants… Le roi exigeait des chefs de travaux des délais intenables. Ils étaient prêts à tous les excès pour y parvenir… Julie était fille de maçon, elle vivait dans les baraquements… J'accompagnais mon père en ambassade, mes compagnons étaient avec moi… Il est tombé fou amoureux d'elle… Il m'a délaissé pour elle mais je l'aimais, j'ai consenti à cette union. Ils ont eu des jumeaux… ils jouaient… deux bambins d'à peine deux ans… Ils ont disparu… Le contremaître n'a pas voulu perdre de temps… ses ouvriers ont obéi…

Julie a tenté de nous rejoindre... implorer de l'aide... les corps des jumeaux ont été découverts sous un échafaudage. Sa compagne noyée... ses petits décédés... Tout ça n'aurait pas dû arriver, il est devenu fou.

Les propos du Vénitien deviennent inaudibles. Malo lui fait respirer du vinaigre, il veut avoir le fin mot de l'histoire.

— C'est vous qui l'avez aidé à s'esquiver lors du grand divertissement à Versailles, en profitant de l'absence de votre père à ces festivités.

— Avec la complicité d'Angelo... Je croyais pouvoir le contrôler... J'ai compris mon erreur trop tard... j'ai effacé toutes les traces, après, pour pouvoir l'emmener chez nous... le soigner... Lui faire oublier sa haine contre Louis XIV, ce roi insensible au malheur de son peuple... Je le croyais guéri. Mon père... tombé en disgrâce à cause d'une parole jugée déplacée par votre souverain... s'est éteint de chagrin. Alors je suis revenu à Paris semer des pamphlets contre ce despote... nous venger.

— Seulement il a de nouveau sombré en pleine démence et vous avez continué à le protéger.

— Je l'aime... J'ai cru que les remèdes l'empêcheraient de rebasculer... les plantes paraissaient juguler les crises... Je m'en vais comparaître devant le créateur pour répondre de mes actes... Votre roi lui aussi un jour...

Un médecin du voisinage entre suivi par Valenciennes. Malo le laisse examiner rapidement le blessé, de nouveau inconscient, et devine à son expression qu'il a peu de chance de salut.

— Della Farnese, m'entendez-vous ? dit-il en le forçant à ouvrir les yeux, où Salvator peut-il s'être réfugié ? Dans l'état où il est il vaut mieux que ce soit moi qui le trouve, j'agirai sans violence inutile. Songez qu'il est dangereux pour lui-même mais surtout pour les autres... Dans son état il est capable d'agresser n'importe qui... Pensez à votre rédemption.

Le Vénitien, parcouru d'un spasme, tente désespérément de parler, il agrippe les mains de Malo et dans un dernier effort surhumain désigne un trumeau au-dessus de la cheminée campant une fontaine en forme de chérubins sur une placette. Son corps se crispe, il émet encore quelques borborygmes puis tous ses muscles se relâchent, il est mort. Malo se tourne vers Valenciennes.

— Occupez-vous de le faire inhumer et de prendre les témoignages de toutes les personnes présentes ici ce soir. Je veux pouvoir faire un rapport le plus complet possible au lieutenant général.

— Je m'en charge commissaire. Que voulait-il dire en montrant cette peinture ?

— Si je le savais... À y regarder de plus près, cette placette me dit vaguement quelque chose...

— Oui ! s'exclame Valenciennes, je la reconnais maintenant, elle est près des halles, c'est bien cette fontaine.

— Fichtre, vous avez raison. Ordonnez aux hommes de ratisser le quartier, c'est peut-être un lieu que Salvator affectionne.

Malo contemple une dernière fois la dépouille de Della Farnese, de l'au-delà il semble le fixer avec effroi. D'un geste il lui ferme les paupières.

16

9 juin 1670

Athénaïs de Montespan, pied à peine posé hors de son carrosse sur le pavé de la cour du château de Versailles, se dirigea immédiatement vers ses appartements sans accompagner le roi qui désirait pourtant voir l'avancée des travaux en sa présence. La favorite était fatiguée et aurait préféré rester à Saint-Germain où la cour venait d'arriver après l'exténuant périple dans les Flandres. Le voyage d'agrément avait tourné au cauchemar : les malades et estropiés se comptaient par dizaines et la marquise était contrariée car l'une de ses suivantes s'était brisé la jambe et il allait falloir la remplacer. Or justement Arnaud de Saldagne, à la compagnie si agréable, lui avait parlé la veille de sa nièce, une jeune fille de caractère, dont il lui avait vanté les mérites en éveillant sa sympathie avec l'histoire de sa fugue et elle avait décidé de la recevoir. Charlotte avait intérêt à avoir du répondant car Athénaïs était de méchante humeur. Elle en voulait à son amant de lui avoir imposé une promiscuité intolérable avec la reine, ce qui était inévitable, mais surtout avec cette satanée La Vallière dont il ne se débarrassait toujours pas malgré ses promesses et la lecture de pamphlets parisiens annonçant sa disgrâce, du fait de l'ennui qu'elle était censée susciter dorénavant chez le roi, n'était pas pour la calmer. La favorite tremblait continuellement de perdre la faveur de Louis, cependant elle supportait de plus en plus mal l'indélicatesse de son amant qui la plaçait dans l'obligation de subir les lois d'un harem. Athénaïs voulait à toute force le départ de l'ancienne maîtresse du suzerain. Depuis plusieurs semaines elle lui avait déclaré la guerre, multipliant les vexations envers une rivale prête à tout accepter afin de rester dans le sillage de celui qu'elle aimait encore, adoptant une attitude soumise méprisée par les courtisans. La dernière trouvaille d'Athénaïs était d'utiliser son souffre-douleur en guise de femme de chambre sous prétexte qu'elle était incomparable pour la coiffer, la parer, nouer ses lacets… Le zèle de l'infortunée La Vallière à lui complaire en toute chose ne faisait qu'exciter sa hargne, à la plus grande joie des témoins de ces humiliations. Elle avait fait savoir à Louis que si cette dernière participait à la promenade elle n'y serait pas, espérant une réaction, mais elle avait été fort déçue : après cette annonce qu'elle souhaitait fracassante, il s'était contenté de s'éloigner sans une parole de regret, suivi de l'habituel aréopage vrombissant.

Athénaïs sentit la peur l'envahir. Et si elle était allée trop loin ? Il fallait qu'elle se rattrape, qu'elle montre au roi l'intensité de son amour… Elle envisageait un cadeau. Qu'offrir à celui qui avait tout ? Un tableau, suggéra l'une de ses suivantes. Athénaïs la rabroua : des portraits d'elle il y en avait tant et jamais elle n'estimait les peintures à la hauteur de ses attentes. Que faire mon dieu, que faire pour reconquérir son ascendant sur le cœur du souverain ? Perdue dans ses pensées, elle n'entendit pas qu'on introduisait Charlotte de Rohan Montauban et sursauta en découvrant une créature au charme piquant, plongée dans une profonde révérence.

— Voici donc la jeune personne sur laquelle le marquis de Saldagne ne tarit pas d'éloges… Montrez-moi votre joli minois. Vous êtes magnifique… Bien sûr dans la volonté de votre oncle que je vous prenne à mon service il n'y a aucune intention de vous placer en vue de séduire mon seigneur et maître. Quel intérêt aurais-je donc à introduire la tentation sous son nez, j'ai déjà assez de mal à me débarrasser de ses anciennes liaisons !

Stupéfaite par les propos tenus et par la vigueur de l'attaque, Charlotte ne se démonta pas et se redressa avec grâce en rétorquant :

— Madame, je n'ai d'autre intention que de vous servir et ce serait un honneur de m'y astreindre. Sachez que j'ai commis une fois l'erreur de croire en des amours impossibles et cela m'a guéri d'éprouver la tentation de m'y rebrûler les ailes, d'autant que je suis désormais fiancée et pas assez imbue de moi-même pour croire posséder les qualités qui font votre attrait, ni suffisamment téméraire pour désirer connaître les tourments de votre charge.

Un silence médusé accueillit cette déclaration. Suivantes et laquais suspendirent leur respiration, persuadés qu'Athénaïs n'allait faire qu'une bouchée de l'insolente. Ils furent complètement désarçonnés lorsque la favorite éclata de rire.

— Bien répliqué, mademoiselle. Votre franc-parler est rafraîchissant au sein d'une cour où nul n'ose m'affronter de face et préfère médire dans mon dos. Venez vous asseoir à côté de moi, j'ai très envie d'entendre l'histoire de vos amours. Cela me changera des saintes-nitouches qu'on veut imposer parmi mes gens, soi-disant innocentes, qui n'attendent en vérité que l'occasion de soulever leurs jupons.

Après une heure d'entretien, la favorite, charmée par la candidate et sa liberté de ton, lui apprit qu'elle serait dorénavant attachée à son service. Elle autorisa ensuite Charlotte à reprendre le chemin de la demeure familiale toute heureuse à l'idée d'annoncer l'honneur reçu à son oncle Arnaud, mais également un peu inquiète à l'idée de lier sa destinée à une femme aussi imprévisible, à qui, d'évidence, mieux valait ne pas déplaire.

Au même instant, sa tante éprouvait un sentiment similaire, quoique pour une raison fort différente : depuis trois jours, un gamin traînait autour de l'hôtel particulier et la suivait, se laissant apercevoir sans approcher, s'évanouissant dès qu'elle faisait mine de jeter un regard dans sa direction. Louise ne savait quelle conduite adopter. Cet après-midi-là, elle avait décidé de parler au garçon seulement voilà, comme un fait exprès, ce dernier demeurait invisible malgré les courses entreprises pour permettre un contact. La baronne était donc en train de dire aux domestiques chargés de l'escorter lors de ses déplacements en chaise à bras qu'ils allaient rentrer quand subitement elle le distingua enfin à travers les rideaux sur la voie opposée.

— Arrêtez-vous, ordonna-t-elle, et ne bougez plus.

Elle ouvrit largement les tentures en fixant le garçon avant de lui faire signe d'approcher de la main. Il hésita un bref instant puis obtempéra. Arrivé devant elle, il se contenta de la toiser en silence.

— Mon garçon cela fait plusieurs jours que tu me talonnes.

Le gamin ne broncha pas, continuant de la dévisager. Louise lui rendit la pareille et fut frappée par la ressemblance de l'enfant… avec Malo. Elle se souvint alors que dans son délire le blessé avait parlé du fils de Lénora, ne cessant de répéter qu'il fallait le retrouver. Louise, émue, comprenait maintenant le sens de ses propos.

— Est-ce ta mère qui t'envoie ?

À peine la question formulée, elle sut à son mouvement de recul que ce n'était pas le cas.

— Ne te sauve pas ! C'est toi qui as pris l'initiative de me rencontrer…

Pas de réponse.

— Si Lénora a besoin d'aide tu as fait le bon choix. Parle, tu peux te fier à moi, ce que tu me diras restera entre nous.

Apparemment soulagé que Louise ait deviné son identité le garçon se lança.

— Ma mère est malade… Elle n'a nulle part où aller. Elle m'a parlé de vous et m'a conseillé d'aller vous voir si c'était nécessaire.

— C'est pour cela que tu me suis, tu veux savoir si je suis susceptible de mériter ta confiance ?

L'enfant opina de la tête.

— Les gens vous aiment bien dans le quartier… Vous avez la réputation d'être généreuse et d'aider les miséreux. Je ne demande pas l'aumône… c'est pour ma mère… Elle est inconsciente depuis hier et je crains qu'elle ne meure faute de soins.

Le garçon essuya une larme d'un revers rageur de sa manche. Louise sentit qu'il lui en coûtait de faire cette démarche mais que, désespéré, il n'envisageait plus d'autre issue.

— Tu as bien agi. Monte, nous allons prendre mon carrosse et nous irons chercher ta mère. Comment t'appelles-tu ?

— Laurent… Maman me surnomme Lorenzo.

Louise se souvint qu'Enzo était le prénom du petit frère décédé de la gitane [1].

— C'est un joli prénom. Laurent, rassure-toi, nous allons soigner ta maman et la mettre à l'abri.

Le garçon acquiesça, soulagé de l'énorme poids qui pesait sur ses épaules. Il s'assit à côté de sa nouvelle protectrice le temps d'atteindre la cour de l'hôtel Bessières où ils montèrent en voiture voler au secours de Lénora.

Lorsque Charlotte rentra de Versailles, elle trouva Louise occupée à son dernier ouvrage et se mit immédiatement à lui parler avec enthousiasme de son nouveau poste. Louise l'écouta, enchantée par l'allant de sa nièce. Elle avait décidé de garder pour elle son entrevue avec Lénora. La jeune gitane, réfugiée dans un taudis, en état de dénuement total, brûlante de fièvre, à bout de forces l'avait suppliée de ne pas la ramener à l'hôtel Bessières. Louise avait compris que ce n'était pas la solution et l'avait conduite chez une personne de confiance qui tenait une pension non loin de là, prête à soigner la malade

1. Voir *Le Jeu de dupes*.

avec dévotion, lui octroyant un délai pour récupérer des forces et la laisser décider de son avenir. Si Lénora choisissait de reprendre sa place au sein du clan des Rohan Montauban, il fallait qu'elle le fasse de son propre chef et c'était cette liberté que Louise voulait lui accorder. Elle espérait juste que Lénora prendrait la bonne décision, notamment par rapport à son fils Laurent. Elle s'en remettait à Dieu.

— Vous rendez-vous compte ma tante, suivante à la cour… Thomas va pouvoir être fier de moi.

— Il l'est déjà mon enfant. Il ne devrait pas tarder à revenir avec votre oncle.

Les deux femmes passèrent l'après-midi en compagnie de Constance qui guettait impatiemment le retour du marquis et de Thomas. Dès qu'ils rentrèrent, elle se précipita dans les bras de son père puis exigea du jeune d'Arcourt une partie de dames.

Ils allaient se mettre à table quand on vint annoncer qu'un carrosse sollicitait la permission de franchir les grilles de l'hôtel. Arnaud se leva immédiatement, prêt à accueillir ceux dont la venue ne le surprenait guère puisqu'il les attendait. Au moment où Nolwenn, au bras de son mari François, suivie de près par Philippe, firent leur apparition dans le grand salon, il y eut un long silence. Arnaud prit la main de Louise qui fit de même avec celle de Constance et, après des paroles de bienvenue, ils décidèrent de quitter la pièce pour respecter l'intimité des Rohan Montauban, aussitôt imités par Thomas d'Arcourt qui pressa discrètement la main de Charlotte avant de se diriger vers la porte. La jeune fille, pétrifiée, n'osait affronter le regard de son père.

— Ne partez pas, monsieur, lança François d'une voix forte. C'est grâce à vous que j'ai la joie de revoir ma fille et nous serions heureux que vous partagiez ce moment.

Sans un mot de plus il alla déposer un baiser sur le front de Charlotte en gage de pardon. Son frère, la voyant trembler, vint la soutenir jusqu'à ce qu'elle recouvre la force de se jeter dans les bras maternels. Nolwenn la serra contre elle, Charlotte nicha son visage dans son cou, comme lorsqu'elle était enfant, et elles restèrent ainsi de longues minutes.

— Allons nous restaurer voulez-vous, je meurs de faim, déclara François en s'éloignant sous prétexte de rattraper les Saldagne car il n'était plus certain de pouvoir contenir les larmes qui lui montaient aux yeux.

Nolwenn, quant à elle, leur laissa libre cours et sécha celles de sa fille. Philippe, également très ému, s'empressa d'entamer la conversation avec Thomas pour masquer son trouble. Après le bonheur des retrouvailles, tout ce petit monde se mit à souper. En les voyant réunis, Charlotte comprit à quoi elle avait failli renoncer et remercia Dieu, en son for intérieur, de sa clémence.

Malo, prévenu par coursier de l'arrivée de son cousin et de sa famille à l'hôtel Bessières, les rejoignit au moment du dessert. Il fut agréablement surpris par l'harmonie régnant entre les convives, un observateur extérieur n'aurait jamais pu soupçonner l'ampleur des drames survenus quelques mois auparavant. Lorsque les hommes se retirèrent dans la bibliothèque, abandonnant le salon aux dames, Malo prit François à part pour le féliciter de sa magnanimité envers sa fille.

— Elle a été bien assez punie… De plus si j'avais agi autrement qu'en pardonnant j'aurais perdu Nolwenn. Oublier ma colère était ce que j'avais de mieux à faire, ainsi je préserve l'unité de notre famille. Je ne veux plus parler du passé mais me tourner vers l'avenir avec sérénité.

— Et concernant Charlotte qu'as-tu décidé ?

— Sa nouvelle position à la cour est une bénédiction. Grâce à l'intervention d'Arnaud nous avons la faveur royale et il vaut certes mieux pour Charlotte vivre à Paris qu'à Mont Menat… Le jeune d'Arcourt est toujours désireux de l'épouser. Le mieux est d'attendre un peu.

— Resterez-vous ici longtemps ?

— Jusqu'à la fin du mois… Nolwenn et Philippe ont très envie de mieux connaître la capitale alors je vais me faire violence, dit François en plaisantant à demi. Et toi, où en es-tu de tes fameuses investigations ?

— Je m'apprête à mettre un point final à mon rapport.

Malo raconta à François les derniers rebondissements de l'enquête. Salvator Braqui avait été repéré dans le quartier des halles, où il s'était rompu les cervicales en chutant de cheval, dans une tentative désespérée d'échapper aux archers du guet. L'affaire était close.

— Compliments cousin, ton supérieur peut se réjouir de t'avoir parmi ses hommes…

Malo sourit sans contentement réel mais ne répliqua pas afin d'éviter de ternir la joie du moment avec ses incertitudes. Il avait en vain demandé un complément d'enquête car, suite aux interrogatoires, trop de zones d'ombres restaient en suspens à son goût. La Reynie, lui, considérait le dossier bouclé et en avait rendu compte au roi, chargeant immédiatement son jeune commissaire de nouveaux cas tout aussi épineux. Ses doutes empêchaient Malo de partager l'assurance affichée par le lieutenant général, surtout depuis son entrevue à la morgue avec Angus Graham. À l'issue de l'examen du corps du défunt, son supérieur avait sciemment ignoré un détail : la musculature du musicien révélait qu'il était gaucher tout comme son maître Della Farnese.

17

Dimanche 29 juin 1670

Henriette-Anne s'est réveillée aux aurores, émergeant d'un sommeil agité, comme chaque matin depuis son retour en France, extrêmement lasse de ne point trouver le repos dont elle a tant besoin et elle soupire en appréhendant la journée qui s'annonce. Mon dieu, que son voyage à Douvres lui paraît loin, presque irréel ; elle aurait tant voulu rester à la cour de son frère Charles… Le suzerain anglais avait si bien fait les choses, l'entourant de mille soins, la couvrant de présents et d'attentions au milieu d'une succession de réjouissances entrecoupées de longs tête-à-tête où il lui avait prodigué une affection réconfortante, une tendresse si profonde… Un bonheur absolu mais tellement éphémère qu'on pourrait croire qu'elle l'a rêvé. Le frère et la sœur ont eu énormément de mal à se quitter, par trois fois il est revenu sur le navire la reconduisant à Calais afin de l'embrasser, bouleversés d'être de nouveau séparés. Comment allait-elle pouvoir vivre sans lui désormais ?

Alors qu'elle a excellé à accomplir son office en faisant entériner l'accord prévu par Louis XIV,

Minette a peu profité de son succès. En vérité elle avait, dès Calais, perdu l'espoir d'un avenir meilleur en constatant que le roi n'était pas là pour l'accueillir et ce à la requête instante de son époux, le duc d'Orléans, dont on s'était empressé de lui rapporter la mesquinerie. Bien évidemment des réceptions avaient été organisées et de nombreux courtisans l'escortaient, mais l'absence du monarque lui avait permis de comprendre que Philippe était résolu à lui faire chèrement payer ses prouesses et elle savait ne plus avoir la force de lutter. À peine arrivée à Versailles où tous étaient disposés à célébrer sa réussite, le duc avait décidé de regagner Paris et le Palais-Royal avant d'obliger son épouse à séjourner à Saint-Cloud, loin des regards admiratifs, pour mieux gâcher sa victoire et se venger de l'éloignement imposé au chevalier de Lorraine, multipliant les menaces s'il ne revenait pas à la cour et instaurant un climat de violence insoutenable.

Minette sent qu'aujourd'hui encore les brimades vont s'enchaîner et elle ne parvient pas à trouver la force de se lever : elle n'en peut plus. À tout juste vingt-six ans, Henriette-Anne a l'impression d'avoir un corps et une âme usés au-delà du supportable. Épuisée, elle n'est plus capable de protester, ses douleurs au côté et à l'estomac ne lui laissent aucun répit et annihilent sa combativité.

Le vingt-six juin, Philippe a bien été obligé d'accepter l'invitation de Louis à Versailles pour la journée en compagnie de leurs filles, toutefois Henriette-Anne n'y a pris aucun plaisir, trop consciente des regards apitoyés qui jalonnaient son passage car même le rouge et les fards ne sont plus en mesure de dissimuler sa pâleur maladive. Pour la première fois de sa vie Minette a eu peur : elle ne s'est pas reconnue dans l'ombre squelettique renvoyée par les miroirs des galeries. Alors la malheureuse, qui a toujours surveillé son poids avec intransigeance, a mangé jusqu'à en avoir les larmes aux yeux durant la collation offerte par le roi dans le but de redonner des forces à ce corps dont la vie s'échappe. Des bienfaits de la rencontre avec son frère il ne subsiste rien.

Henriette-Anne résiste à l'envie de rester au lit et se lève en vacillant en direction d'une psyché afin d'examiner son reflet. Est-ce bien elle cette créature amaigrie au teint bistre et aux yeux hagards soulignés de larges cernes sombres ? Elle regagne sa couche et s'y effondre en larmes. Elle se sent tellement isolée : on lui a enlevé tous les proches qu'elle affectionnait pour complaire à Monsieur, et Louis, contrairement à ses promesses, ne semble guère préoccupé de la protéger des outrances du duc. Charles, Charles, murmure-t-elle, tu es si loin… On l'a abandonnée, trahie… Providence, le seul qui pouvait la réconforter, l'a utilisée comme les autres… Ses pleurs deviennent si violents qu'elle s'étouffe, alertant une dame de compagnie qui accourt pour l'aider à reprendre son souffle. Privée d'air, ses douleurs à l'estomac s'accentuent. Elles sont encore pires depuis qu'elle a commis l'erreur l'avant-veille de se baigner dans la Seine, malgré l'objection de son médecin. Mais comment affronter la chaleur suffocante de l'été sans la fraîcheur de l'eau ? Elle n'a plus qu'une personne à qui se confier, une unique véritable amie : Marie-Madeleine, comtesse de La Fayette, que Monsieur accepte de recevoir chez lui. La chère femme a essayé en vain de lui remonter le moral jusque tard hier dans la nuit au cours d'une longue balade dans les jardins au clair de lune qu'elle aime tant.

Minette s'efforce de respirer convenablement ; même pleurer elle ne le peut plus, elle est au-delà de la souffrance. Elle comprend qu'il n'y a pas d'échappatoire, elle doit faire face à son tortionnaire car nul ne l'empêchera de la détruire. Paradoxalement cette évidence lui permet de recouvrer son calme intérieur. Elle s'habille puis gagne les appartements de son époux qu'elle surprend dans son bain. Deux longues heures d'affilée elle tente de le convaincre de sa détermination à résoudre leurs différends, l'assurant que son frère recevrait Lorraine à Londres pour lui être agréable puisque Louis refuse son retour à la cour et qu'il examinerait avec bienveillance sa demande de pension en lieu et place de leur fils décédé. Sincère dans son désir d'apaisement, elle l'adjure de changer d'attitude à son égard, multipliant de son côté les preuves et promesses de bonne volonté.

Philippe feint de faire comme si elle n'existait pas. Lorsque à court d'arguments elle se tait, il se lève, se drape dans sa serviette et s'approche d'elle, l'air mauvais.

— Madame, vous avez pris plaisir à étaler votre toute-puissance à la face du monde et vous voulez me faire croire que vous ne pouvez pas obtenir la grâce du chevalier de Lorraine ? Dites plutôt que vous n'y aspirez point !

Henriette-Anne n'arrive pas à croire qu'il fasse preuve d'une telle mauvaise foi.

— C'est la décision de votre frère, il vous l'a dit et répété, Louis ne reviendra pas là-dessus et vous savez pertinemment que je n'ai pas le pouvoir de le faire changer d'avis. Adressez-vous à lui, non à moi.

— Si vous êtes incapable de faire ce que je vous commande alors vous paierez le prix de votre impéritie et aurez droit aux coups de bâton que vous méritez. Quant à la proposition de votre frère je m'en moque. Le départ de mon ami a transformé ma vie en enfer et je compte bien vous le faire partager, mieux, vous faire subir au centuple ce que j'endure et cela jusqu'à votre dernier soupir, fort proche si j'en crois votre mine. Rien, Madame, ne me ravira plus que votre mort, conclut-il, exsudant de haine.

Henriette-Anne est suffoquée par l'injustice et la méchanceté de ses paroles. Elle quitte la pièce pour se précipiter à la recherche de Marie-Madeleine de La Fayette. Sa confidente est effrayée par le désespoir que son amie, si fière et orgueilleuse, ne tente même plus de dissimuler et essaye de la calmer en lui suggérant de descendre assister à la messe afin d'obtenir le réconfort dans la prière. Henriette-Anne acquiesce puis se laisse guider comme une poupée de chiffons. Après l'office, la comtesse lui tient compagnie inquiète de la voir amorphe, assise en retrait, silencieuse contrairement à son habitude. Elle a alors l'idée de lui faire parler de son séjour à la cour d'Angleterre, initiative récompensée, Minette s'anime aux doux souvenirs de son voyage et de l'amour de Charles, avant de se taire car Monsieur les rejoint durant le déjeuner et monopolise la conversation en évitant de s'adresser à son épouse.

Henriette-Anne, abattue, finit par aller s'allonger sur des coussins où son amie la suit. Elle ne tarde pas à s'endormir contre la comtesse qui, désagréablement surprise, écrira dans la biographie qu'elle lui consacrera bien plus tard : « *Pendant son sommeil elle changea si considérablement qu'après l'avoir longtemps regardée... je pensais qu'il fallait que son esprit contribuât fort à parer son visage puisqu'il la rendait si agréable lorsqu'elle était éveillée et qu'elle l'était si peu quand elle était endormie.* » Marie-Madeleine est horrifiée par ce changement, elle comprend que la princesse est à bout de résistance et que la mort imprègne déjà de son masque les traits de la jeune femme. D'un regard elle impose le silence à Monsieur qui au réveil d'Henriette-Anne, également interloqué par sa physionomie, semble sur le point d'émettre une remarque désobligeante. La comtesse, émue par la détresse de son amie, l'aide à se lever pour faire quelques pas rendus difficiles par sa douleur au côté. Mais Minette est courageuse et ne souhaite pas qu'on s'apitoie, aussi va-t-elle dans le salon parler avec le trésorier de Monsieur puisqu'il le lui a recommandé. La détresse de son épouse ennuie Philippe d'Orléans, il souhaite aller à Paris mais alors qu'il est sur le départ il croise en bas des marches du palais une proche de Madame, la duchesse de Meckelbourg, et décide de remonter. À leur arrivée Henriette-Anne se réjouit de recevoir la visiteuse mais des crampes lui tordent soudainement le ventre.

— Où est mon verre de chicorée ? demande-t-elle d'une voix atone.

— Le voici, répond Mme de Goudron, sa dame d'atour, toute désolée d'avoir tardé à la servir.

Minette s'empresse d'en boire le contenu.

— Ah ! quelle douleur, je n'en puis plus !

Le visage écarlate, l'infortunée vacille en gémissant. La comtesse se précipite afin de la soutenir devant l'assistance médusée de voir la duchesse perdre sa légendaire maîtrise d'elle-même et qui s'écroule en suppliant qu'on l'emmène, livide, sciée en deux par la douleur devenue intolérable. Mme de La Fayette prend les choses en main, aide les suivantes à lui retirer son corset et à la coucher. Elle est terrifiée par le comportement de la duchesse dont elle connaît la résistance exceptionnelle et qui pleure pourtant devant elle, pauvre petit oiseau décharné parcouru de spasmes abominables devant lesquels Monsieur prend enfin conscience de la gravité de son état. En la voyant souffrir ainsi il regrette sa scène du matin et charge Esprit, son premier médecin, de soigner son épouse. Le praticien pense à de banales crampes abdominales et administre le traitement habituel qui n'arrange rien.

— Ce n'est pas une simple colique, je le sais… Ce mal me ronge les entrailles… je ne vais pas y survivre, appelez mon confesseur, dit Henriette-Anne avec lucidité.

Tous se regardent craignant qu'elle n'ait raison.

— Philippe, mon ami, approchez…

Le duc resté au pied du lit s'avance.

— Hélas, Monsieur, vous ne m'aimez plus depuis longtemps, mais cela est injuste, je ne vous ai jamais manqué.

Philippe est ébranlé par ses paroles, il baisse la tête. Il comprend qu'Henriette-Anne ne parle pas de ses infidélités dont il a été si jaloux mais de son rôle d'épouse toujours au service des intérêts de son conjoint, loyale jusqu'au bout en dépit de son comportement ignoble envers elle.

— J'ai mal, une douleur atroce qui n'est pas naturelle… du poison, regardez la tasse où j'ai bu… l'eau est trouble… on se sera trompé de bouteille… donnez-moi un contrepoison.

À ces mots c'est la consternation générale. Marie-Madeleine ne peut s'empêcher de fixer Monsieur : aurait-il osé commettre pareil crime ?

Très calme, le duc ordonne qu'on verse le restant d'eau au chien et qu'on apporte ce que souhaite son épouse afin de la rassurer. Mme Desbordes, la première femme de chambre qui a préparé la boisson, ne supporte pas les soupçons de sa maîtresse. Elle vide la fin du contenu de la bouteille dans une tasse et la boit devant la duchesse pour l'apaiser.

Tout le monde s'inquiète, à part le médecin qui fait absorber à Minette de l'huile puis de la poudre de vipère suivie de diverses mixtures jusqu'à ce que la pauvrette vomisse enfin, assurant toujours qu'il s'agit d'une colique ordinaire.

— Tout va rentrer dans l'ordre, répète-t-il d'un ton docte.

Henriette-Anne, exsangue, gît sur les oreillers, elle n'a plus la force de crier et respire avec difficulté. Son amie lui tient la main tandis qu'elle murmure :

— La douleur… est insoutenable… je suis perdue.

Monsieur se rue sur le médecin en exigeant qu'il agisse au lieu de l'assurer du sort de Madame comme il l'avait fait devant leur petit garçon agonisant, mort sous leurs yeux malgré ses propos lénifiants.

Le curé de Saint-Cloud fait alors son entrée, impressionné par la tâche qu'on lui confie, et confesse Henriette-Anne, obligée de se livrer à cet homme qu'elle ne connaît pas en présence de la servante qui la soutient. Elle essaie ensuite de convaincre les deux autres médecins de la famille royale qu'elle a été empoisonnée. On ne l'écoute pas et elle se laisse saigner puis purger en silence avant de recuperer assez de souffle pour prier qu'on la change de lit tellement le sien est souillé. Ses extrémités sont froides, on ne peut même plus sentir son pouls. Désormais la jeune femme renonce à lutter, elle accepte son calvaire, ceux qui l'entourent ne la sauveront pas. Elle sait qu'elle va mourir et ce sera une libération.

À Versailles la nouvelle s'est répandue comme une traînée de poudre et tous parlent de l'empoisonnement de la duchesse. Sa Majesté finit de dîner. Inquiet quoi qu'en dise Vallot, l'un de ses médecins tentant de le rassurer, il décide d'aller voir la malade. Accompagné de ses proches il fonce dans la nuit et trouve Minette en train d'agoniser. Louis comprend que sa belle-sœur est moribonde, il s'installe à son chevet et lui parle avec douceur, tentant de lui apporter un peu de réconfort dans l'épreuve qui la frappe si cruellement. Henriette-Anne a alors un sursaut de révolte et implore qu'on lui donne un remède émétique, vomitif puissant qui a en son temps sauvé la vie du roi, les médecins le lui refusent. Bientôt c'est la cour au grand complet qui accourt et se presse dans la chambre. On voit défiler La Vallière, La Montespan, Condé… Mlle de Montpensier considère leur curiosité malsaine et leur absence de tristesse déplacée. Elle conseille à Monsieur de faire venir un confesseur capable d'aider son épouse à être accueillie auprès de Dieu. Ce dernier est alors fort préoccupé : qui choisir, quel nom ferait bon effet à mentionner dans La Gazette ? Marie-Madeleine, glacée par sa réaction, continue de tenir la main de la mourante, elle aussi révoltée par l'attitude des courtisans se comportant comme s'ils étaient au spectacle, sans une once de décence ou de compassion envers la malheureuse, si digne et courageuse dans les affres d'une agonie atroce.

Louis sait les médecins impuissants à empêcher la fin inexorable de la malade alors, avec une infinie tendresse, il l'embrasse en lui murmurant les mots d'une réelle affection et il se retire avec ses familiers, les larmes aux yeux, puisque l'étiquette lui interdit d'assister au décès de l'un de ses proches.

Le nouveau confesseur arrive. Minette attend Bossuet mais c'est Feuillet qui entre, ecclésiastique extrêmement dur, dont l'obsession n'est pas de lui apporter le moindre soulagement mais de lui reprocher son comportement de pécheresse en lui annonçant la sévérité du jugement qui la guette. Henriette-Anne ne le contredit pas et se soumet à ses exhortations au repentir. En réalité la seule chose qui lui importe est de parler à l'ambassadeur d'Angleterre afin de délivrer l'ultime message qu'elle souhaite envoyer à son frère adoré. Le diplomate lui promet de s'acquitter de sa mission, subjugué par la bravoure de la princesse au seuil de la mort.

Enfin un peu de paix ? Non, de nouveau Feuillet se penche vers elle pour la blâmer de se plaindre de ses douleurs alors qu'il n'est que justice qu'elle souffre en pénitence de ses péchés. Heureusement Bossuet fait son apparition, il la délivre des griffes du chanoine fanatique et s'applique à l'accompagner aux dernières heures de sa vie avec ferveur mais douceur et humanité. Henriette-Anne reçoit la communion et embrasse ensuite Monsieur. Prise d'une crise de hoquet elle est au paroxysme de la douleur et s'accroche à un crucifix donné autrefois par Anne d'Autriche en espérant une délivrance rapide.

À deux heures et demie du matin, ce lundi trente juin 1670, la croix tombe au sol… Après neuf heures d'un supplice épouvantable Henriette-Anne, princesse d'Angleterre, duchesse d'Orléans, ne souffre plus.

18

Paris, Hôtel Bessières, juillet 1670

Ce midi-là les Saldagne avaient invité Malo et comme d'habitude le repas exquis attirait des félicitations méritées de la part des messieurs à la maîtresse de maison tandis que Charlotte, conviée elle aussi entre deux allers-retours à Versailles, restait un peu en retrait.

— Ma nièce, vous voici bien soucieuse, l'interpella gaiement le marquis. Serait-ce notre chère Athénaïs qui vous causerait du tracas ?

Charlotte acquiesça, son oncle connaissait mieux que quiconque le caractère fantasque de la favorite et savait combien il était difficile de bien la servir.

— Si elle ne le faisait pas je serais inquiète pour sa santé.

Malo sourit. La jeune fille au tempérament affirmé avait gagné en subtilité au contact de la courtisane et il se demanda, songeur, si Thomas d'Arcourt saurait être à la hauteur de sa future épouse. On lui avait rapporté qu'il se donnait en tout cas beaucoup de mal afin d'être remarqué à la tête du régiment payé par son père, pressé de prouver sa valeur aux yeux de sa dulcinée et d'obtenir la certitude de mériter sa main. François, avant de regagner Mont Menat avec Nolwenn et leur fils, avait imposé une année de fiançailles préalablement à la célébration des noces et le jeune homme brûlait de concrétiser ce projet, vivant dans la crainte que sa promise ne succombe aux charmes d'un autre plus fortuné et doué aux jeux d'esprit.

— Ma maîtresse est jalouse figurez-vous.

— Jalouse ? répéta Arnaud.

— Le roi porte haut le deuil de la princesse d'Angleterre, il assiste à toutes les cérémonies mortuaires au mépris du protocole édictant qu'il en soit absent et la marquise trouve ce comportement austère pesant. Elle souhaite la reprise rapide des festivités de cour, d'autant qu'elle ne s'est jamais bien entendue avec la défunte et n'appréciait guère la relation privilégiée qui l'unissait à Sa Majesté.

— Son Altesse éprouvait une réelle affection envers la jeune femme, il me paraît normal qu'il tienne à ce qu'on lui rende hommage, dit Arnaud. C'est compréhensible et cela compense l'attitude de Monsieur qui néglige toute célébration et préfère rester à Rueil chez son amie Mme d'Aiguillon.

— On dit qu'il veut arrêter de porter le deuil le plus tôt possible pour se hâter de convoler avec une riche prétendante afin de gâter ses mignons, s'exclama Louise outrée par un tel comportement.

— Il est vrai que les conversations vont bon train au sujet de son remariage. On parle déjà de la Grande Mademoiselle en moquant sa répugnance à épouser le veuf indigne alors que tous critiquent ses sentiments à l'égard du comte de Lauzun… J'avoue être un peu désemparée par l'indifférence générale manifestée après la fin atroce de la duchesse. L'univers de la cour est si frivole, si cruel… Et la marquise, bien qu'elle le déplore, n'est pas en reste : elle ne pense qu'à assujettir son amant à l'aide de poudres aux compositions abracadabrantes, dans l'espoir de maintenir son emprise, exigeant constamment des idées pour le surprendre… Heureusement ses caprices sont pondérés par une vive intelligence et, quand on la connaît mieux, par une véritable générosité, expliqua Charlotte qui apprenait à aimer sa maîtresse, touchante dès lors qu'elle retirait son masque de favorite aux dents longues. D'ailleurs je vais vous quitter, je lui ai promis une visite cet après-midi et je dois regagner Versailles.

Elle leur donna quelques détails avant de s'éclipser en compagnie de Louise tandis que les gentilshommes se dirigeaient vers la bibliothèque pour le digestif.

— Je sais que le roi fait mener une enquête sur le décès de sa belle-sœur, en êtes-vous chargé ? voulut savoir le marquis.

— Non, le lieutenant général s'en occupe personnellement. Son rapport conclut à une mort naturelle puisque l'autopsie a été faite sans qu'on relève de traces de poison, répondit Malo.

— Officiellement…

— Disons que le contraire aurait été mal venu, on craint la réaction du roi d'Angleterre. L'examen pratiqué écarte l'hypothèse criminelle en faveur d'une simple occlusion intestinale et indique que les organes de la défunte étaient en très mauvais état, si cela ne l'avait pas tuée elle n'aurait de toute façon pas vécu longtemps.

— Cependant tout le monde est convaincu qu'on l'a assassinée, son frère également.

— Il sera toutefois obligé d'approuver les résultats de l'autopsie ; la raison d'État l'emportera sur sa peine afin d'éviter un conflit avec son nouvel allié.

— Beaucoup accusent Maurel de Vologne d'avoir rapporté de Rome un poison donné par le chevalier de Lorraine et confié par la suite au marquis d'Effiat.

— Un valet a en effet témoigné qu'il l'avait surpris fouillant l'armoire où était rangée la tasse de Madame, mais on l'a sommé d'oublier ce qu'il avait vu et cela ne sera pas mentionné. La vérité quelle qu'elle soit a peu d'importance… seul compte la version accréditée : Madame est décédée de mort naturelle… même si tous supposent le contraire.

— Et vous Malo, quelle est votre intime conviction ? s'enquit Arnaud.

— La duchesse encombrait l'entourage du duc c'est une évidence… Comment être certain que l'un de ses amants n'a pas décidé de hâter la fin d'une gêneuse à la santé fragile ? Monsieur n'est pas, je pense, à l'origine de ce geste, si geste il y a eu, néanmoins son harcèlement permanent et ses mauvais traitements ont contribué au trépas de son épouse. Il a au minimum une responsabilité morale dans sa disparition… L'entière lumière sur cette affaire ne sera, je le crains, jamais faite puisque telle n'est pas la volonté du roi.

— Triste fin assurément, à croire que les Stuarts sont maudits… La vie de cette malheureuse princesse n'a été qu'une succession de drames, difficile de ne pas éprouver de compassion.

Malo acquiesça. Henriette-Anne, issue d'une lignée au destin tragique, avait rejoint les siens après vingt-six brèves années passées à affronter avec courage l'adversité en dépit d'un mari au comportement ignoble lui ayant imposé huit grossesses et maintes turpitudes. Malgré la mise à mal de son enquête par la princesse, Malo ne pouvait s'empêcher d'éprouver de l'admiration pour cette jeune aristocrate qui avait su s'imposer et illuminer la cour de France.

La proposition du marquis d'entamer une partie d'échecs le tira de ses pensées et ils allèrent la disputer dans l'orangerie pendant que Louise défiait aux dames une petite Constance fort dépitée d'avoir dû laisser repartir sa cousine Charlotte.

Sur les coups de seize heures, un laquais vint annoncer l'arrivée de Valenciennes. Malo se leva immédiatement car son adjoint ne devait le déranger qu'en cas d'urgence, ils travaillaient en effet sur une nouvelle affaire de vols d'objets d'art commis par un monte-en-l'air particulièrement audacieux qui avait osé s'introduire au Palais-Royal et dont on avait identifié l'un des complices présumés. Pénétrant dans l'office où patientait son bras droit, Malo sentit le rythme de son cœur s'emballer en reconnaissant l'individu qui l'accompagnait.

— Commissaire, cet homme s'est présenté au Châtelet en demandant à vous parler, j'ai pris la liberté de voir de quoi il retournait et… le mieux c'est qu'il vous le dise lui-même.

— Bonjour monsieur Froment, fit Malo en saluant son informateur.

Jacques Froment inclina la tête, un peu mal à l'aise de se retrouver dans cette belle demeure.

— Vous m'aviez indiqué que si quelque chose me revenait je devais vous contacter.

— C'est juste, parlez, je vous écoute.

— Quand on s'est vus je n'avais pas toute ma tête… Avec votre récompense j'ai payé mes dettes et depuis j'essaie de rester sobre. J'ai dégoté une place chez des bourgeois, ah bien sûr ce n'est pas une grande maison comme ici mais c'est un début…

Malo l'encouragea à continuer.

— Dernièrement je suis tombé sur un gars qui travaille toujours à Versailles et le lendemain je me suis souvenu d'un détail qu'il m'avait confié à l'époque : il y avait un blessé dans une voiture ce fameux matin. Alors aujourd'hui je suis allé le voir. Ça m'a fait drôle d'y remettre les pieds… Le château a bigrement changé… Enfin j'ai déniché le gaillard et il m'a confirmé qu'il y avait bien un homme allongé dans un carrosse dont l'équipage paraissait très pressé de partir. Il y avait du sang… À l'époque il avait pensé à un duel ayant mal tourné et que, dans la mesure où c'est illégal, les aristos préféraient partir avant qu'on ne s'en aperçoive… Des histoires de gens de la haute auxquelles il valait mieux ne pas être mêlé.

Malo l'écoutait avec application tandis que Valenciennes se pinçait nerveusement la lèvre supérieure.

— Cet homme il pourrait le décrire ?

— Mieux que cela commissaire : il sait où il est.

Malo sentit un filet glacé parcourir sa colonne vertébrale, ses pires craintes prenaient corps. Il saisit le dossier d'une chaise en osier et le serra à le rompre.

— Et où est-il ?

— Ben dame, au château ! Il l'a vu pas plus tard que ce matin.

Valenciennes, tétanisé, n'osait croiser le regard de Malo, il ne devinait que trop l'ampleur du trouble dans lequel les révélations du palefrenier le plongeaient.

— Auriez-vous son nom ?

Lorsque Froment, tout fier, le lui confia, il y eut un long silence. Le pauvre bougre se mit à se dandiner d'un pied sur l'autre, inquiet devant leur réaction. Valenciennes se tourna vers son supérieur dans l'attente de consignes. L'esprit de Malo bouillonnait, imbriquant les pièces du puzzle les unes dans les autres, une phrase tournant et retournant dans sa tête « C'est la pire épreuve qu'il soit donné à un père que de perdre un enfant… », l'évidence était sous ses yeux. Il comprit enfin ce que Farnese, moribond, avait essayé de lui dire en désignant la fontaine lorsqu'il avait compris qu'on prenait Salvator pour le coupable.

— Que fait-on ? demanda Valenciennes.

— Commençons déjà par remercier notre ami de son aide. Voici votre récompense, vous l'avez méritée, dit Malo en tendant son argent à Froment tout en lui indiquant le chemin de la sortie.

Dès qu'il eut disparu, Malo se rua dans les écuries avec son second sur les talons.

— Nous fonçons à Versailles !

— Sans prévenir le lieutenant général ?

— Nous n'avons pas une minute à perdre, notre seule chance est d'intervenir avant que l'assassin ne commette un nouveau crime. C'est notre unique espoir d'épargner des innocents, de sauver nos têtes et celle de La Reynie.

— Mais il peut être n'importe où, le château est si vaste…

— Je sais malheureusement exactement où il se trouve et je pressens ce qu'il projette de faire. Il est peut-être encore temps… Il le faut !

Malo éperonna sa monture et, hanté par les propos de Charlotte, s'escrima à chasser de son esprit les images qui l'assaillaient du cadavre de la jeune fille marqué d'un chiffre à l'épaule.

19

Château de Versailles, juillet 1670

Ses mains tremblantes trahissaient sa fébrilité aussi ferma-t-il les poings jusqu'à ce que ses ongles entament ses paumes, résolu à donner le change pour être introduit dans l'antichambre où on l'attendait. Cela faisait plusieurs jours qu'il ne pensait qu'à cet instant ; la vengeance enfin était à sa portée. Les gardes ne remarquèrent pas son étrange pâleur ni les gouttes de sueur qui baignaient son front et le laissèrent passer : il était dans la place. Plus qu'une porte et il toucherait au but… Il avait hâte que tout soit terminé, que cesse enfin le tumulte des voix qui se déchaînaient sous son crâne, le transformant en pantin à leur entière merci car rien désormais ne le protégeait plus de leur asservissement.

Il réprima un violent sanglot au souvenir du massacre de l'hôtel particulier où logeait Farnese. Il n'oublierait jamais le regard de Vittorio lorsqu'il lui avait fracassé le crâne avec le presse-papiers posé sur son bureau, ni celui empli d'épouvante d'Angelo venu au secours de son maître qu'il avait poignardé alors qu'il l'aimait comme un père, ni les cris d'horreur de Salvator en découvrant la scène. Le musicien avait bien tenté de le désarmer mais il avait dû renoncer devant sa folie meurtrière, et avait fini par s'enfuir, persuadé qu'avec ses antécédents nul ne croirait la vérité.

Providence avait tué son bienfaiteur, celui qui le protégeait depuis des années, épris au point de se compromettre pour un amour resté platonique puisque seule Julie existait à ses yeux.

Julie, les enfants... il essaya de se raccrocher à leur souvenir, de ne pas sombrer, mais le magma des hurlements qui vrillait son cerveau balaya sa tentative. Il esquissa le geste de retourner en arrière quand une voix s'éleva, imposant le silence aux autres.

Lâche, tu oserais t'enfuir avant d'avoir accompli ta mission ! Tu dois verser le sang, souviens-toi, c'est ta nature, tu es un assassin, tu as tué ta propre mère !

Providence gémit, mains sur les oreilles. Tout à coup l'image de son père le désignant de l'index se matérialisa, il ressentit la même frayeur éprouvée enfant lorsque cet être impitoyable qui le traînait au gré des chantiers lui infligeait le fouet, aigri par la mort de son épouse en couches dont il le rendait responsable. Les cicatrices sur son dos se mirent à le brûler et il revécut la scène épouvantable du Louvre, vingt années auparavant, lorsque l'artisan chargé de récupérer l'or des moindres décorations afin qu'il soit refondu en pleine crise de la Fronde avait découvert ses escapades avec la petite princesse. La brute l'avait cravaché si durement qu'il avait failli y rester. Sa peau en conservait à jamais les séquelles douloureuses.

Il recula et la vision se volatilisa. Le Louvre, Minette… Sa Minette, si confiante, prête à tout pour lui, disparue elle aussi sans qu'il puisse la revoir. Le remords d'avoir accepté d'écouter Vittorio qui l'avait poussé à la manipuler afin de se protéger le rongeait comme l'acide. Comment avait-il pu accepter de la trahir ainsi ? L'annonce de son décès avait été un choc insurmontable pour Providence. Depuis l'assassinat de Farnese, il avait absorbé les plantes prescrites et réussi à ne pas perdre pied mais la mort d'Henriette-Anne l'avait replongé au cœur du cyclone, permettant aux hallucinations de reprendre le dessus.

Subitement un grand froid l'envahit et il ne sentit plus rien. Les voix le dominaient, il se contentait d'être le réceptacle de leur volonté, simple automate destiné à tuer.

Exécute la favorite royale et marque-la comme les autres ainsi le tyran paiera !

— Comme les autres, répéta Providence planté au milieu de la pièce.

Il n'entendit ni la porte s'ouvrir ni Charlotte approcher.

— Vous vous sentez bien ? l'interrogea la jeune fille l'air soucieux… vous avez une mine épouvantable. Si cela ne va pas nous pouvons remettre la séance.

Providence fit non de la tête.

— Juste un peu angoissé… à l'idée de rencontrer votre maîtresse, dit-il en répétant ce que soufflaient les voix.

— Je comprends, mais ne vous tourmentez pas, elle est de bonne humeur aujourd'hui et votre travail lui plaît énormément. La statue des enfants que vous avez déposée l'a enthousiasmée, vous savez, celle qui vous a servi de modèle pour la fontaine des Halles. Elle trouve vos œuvres magnifiques, originales… Venez je vais vous introduire.

Athénaïs de Montespan vit s'avancer vers elle un beau jeune homme visiblement fortement impressionné par sa personne et cela l'attendrit.

— Madame, je vous présente mon ami Quentin Coysevox dont vous avez apprécié les sculptures et qui sera ravi de créer un buste à votre image pour l'offrir au roi.

L'artiste, vacillant, accomplit un profond salut puis alla déballer ses outils.

— Il a l'air doté d'un caractère ombrageux ce garçon, murmura la favorite en souriant.

— Il est intimidé je crois.

— C'est adorable… Votre idée est audacieuse et ce que vous m'avez montré cet après-midi très prometteur. Votre surprise me plaît beaucoup. Retirez-vous, il se décrispera peut-être, fit Athénaïs avec un rire de gorge avant de traverser l'appartement pour demander à ses dames de compagnie de la laisser seule afin de poser sans témoin en tenue légère - le buste en question serait coquin ou ne serait pas.

Charlotte hésita. L'état du jeune homme l'inquiétait : il avait le regard vide, les gestes gauches… quelque chose n'allait pas.

— Quentin, je vais vous quitter, annonça-t-elle.

Elle tressaillit en s'apercevant qu'il s'était coupé en sortant les instruments de sa sacoche sur la lame d'un énorme poignard à la présence incongrue au milieu des autres accessoires.

Il est des moments où vous ressentez au plus profond de votre être le retentissement d'une alarme intérieure et, croisant le regard de Quentin qui refermait les doigts sur le manche du couteau, Charlotte sut d'instinct qu'elle était en grand péril. Sa respiration s'accéléra tandis qu'elle mesurait en une fraction de seconde la distance la séparant des gardes de l'autre côté de la porte et le temps qu'il lui faudrait pour donner l'alerte. Quentin ne lui accordait aucune attention, ses yeux étaient rivés sur la marquise qui revenait après s'être assurée qu'on ne les dérangerait pas. Charlotte se mit entre elle et lui et lança :

— Madame, le sieur Coysevox s'est blessé, pouvez-vous prier vos valets de venir l'aider ?

Quentin serra son arme dans sa main droite et avança en direction de Charlotte tandis que la Montespan, à mille lieues de se douter du drame qui se jouait, répondait mécontente :

— Mais enfin ma petite Charlotte faites-le vous-même, la vue du sang vous fait oublier à qui vous parlez. Est-ce sérieux cette coupure ? s'enquit-elle en approchant, au grand désespoir de sa suivante persuadée que le zombie en face d'elle allait les égorger l'une après l'autre.

Il y eut à ce moment-là un grand chambardement dans l'antichambre.

— Mais qu'est-ce que cela encore, des contrariétés, toujours des contrariétés, pesta la favorite, furieuse, en faisant demi-tour à pas vif vers la porte qu'elle franchit sans apercevoir Coysevox foncer sur Charlotte couteau levé.

— Quentin je vous en supplie, je suis votre amie, implora la jeune fille en tentant d'éviter la lame.

Le sculpteur regarda, fasciné, l'arme entailler sa si jolie peau de rousse avant d'éclater d'un rire incongru et de relever le bras, prêt à finir sa besogne.

— Arrêtez Quentin, ce n'est pas ce que voudrait Julie ! cria Malo depuis le seuil de la pièce qu'il avait eu beaucoup de mal à atteindre, laissant Valenciennes faire face à la fureur de la Montespan, ulcérée qu'on lui interdise l'entrée de son propre logement.

À l'évocation de sa défunte épouse, une parcelle de lucidité sembla traverser le regard du dément.

— Julie… Julie n'est plus là. Les enfants non plus… Minette, Vittorio, Angelo… ils sont tous partis.

Malo s'agenouilla devant Charlotte et tira une nappe d'un guéridon pour la lui tendre afin qu'elle la presse contre sa blessure, la jeune fille était en état de choc mais toujours consciente. Malo la rassura à voix basse tout en ne perdant pas Coysevox du regard.

— Quentin, donnez-moi votre arme, c'est terminé, vous ne pourrez pas sortir de cet appartement.

— Rien ne sera terminé tant que les voix ne l'auront pas décidé et elles ne seront satisfaites que lorsque j'aurai marqué quatorze victimes, le chiffre de ce roi maudit.

— Vous n'êtes pas obligé de leur obéir !

Quentin explosa de son rire sans joie.

— Oh si ! Je n'ai pas le choix… J'ai cru pouvoir leur échapper quand Vittorio m'a emmené à Venise. Là-bas j'ai eu des crises de catatonie mais plus leurs cris dans ma tête… Nous pensions que c'était fini mais en retrouvant Versailles mes insomnies sont revenues et j'ai eu le malheur de croiser la marquise de Manicamp… Elle était responsable de la mort de ma femme et de mes jumeaux… Tout a recommencé… Je ne peux lutter contre elles. Je suis désolé.

Et il fonça sur Malo. Ce dernier se redressa et utilisa son épée pour parer ses attaques, uniquement préoccupé par la nécessité de l'éloigner de Charlotte dont le sang rougissait le linge placé sur sa plaie. Il devait affronter seul le déséquilibré car il avait ordonné à Valenciennes de bloquer l'accès des lieux dans le but d'éviter d'offrir de nouvelles victimes à Coysevox, doté par sa folie d'une vigueur peu commune, et d'empêcher qu'il y ait des témoins. Cependant il comprit vite qu'il lui faudrait de l'aide et entreprit d'entraîner son adversaire vers le fond de la pièce dans l'espoir que Charlotte puisse se sauver pour chercher du secours. Le forcené l'accula dans l'angle du balcon aux fenêtres ouvertes au risque de le faire chuter, l'obligeant à enjamber la balustrade pour s'agripper à un échafaudage extérieur employé par les ouvriers du chantier et qui donnait accès au toit. Malo réussit à se hisser sur le pignon mais l'autre le suivait de près et, le souffle court, fatigué par sa course folle depuis Paris, le commissaire sut qu'au corps à corps il risquait d'être perdant, Coysevox ne paraissait même pas ressentir les coups qu'il lui portait.

— Quentin, Julie nous regarde… avec vos jumeaux… est-ce le triste spectacle que vous souhaitez leur infliger ? lança-t-il en guise de diversion.

Coysevox s'immobilisa, sembla perdre pied, indécis.

— Julie, les enfants

Il mit sa main en visière de manière à atténuer l'éclat du soleil qui l'éblouissait et s'écria à la stupéfaction de Malo :

— Je les aperçois, ils sont là, de l'autre côté… vous les voyez aussi n'est-ce pas ?

Ce que voyait surtout Malo c'était Valenciennes accompagné de gardes arrivant à sa rescousse en contrebas. Il leur fit signe d'y rester ; s'ils montaient sur le toit ce serait l'hécatombe. Il observa le visage du sculpteur, extatique, rempli d'une joie immense. Malo songea au sort qui lui serait réservé quand on l'aurait capturé pour le confier aux bons soins d'Angus Graham, il n'hésita qu'un bref instant et répondit :

— Allez-y Quentin, ils vous attendent.

Le jeune homme, en transe, s'élança rejoindre les siens. Le bruit sec de son crâne se fracassant sur les pavés claqua comme un coup de feu avant que son sang ne jonche la cour de Marbre : yeux grands ouverts, hors d'atteinte, le tueur de Versailles contemplait le ciel en souriant.

Épilogue

Mont Menat, fin août 1670

Le soir s'annonçait, le soleil commençait à baisser et tous se préparèrent à quitter les pelouses du parc pour regagner le château après une splendide journée d'été consacrée aux plaisirs d'extérieur. Les valets, sous la directive de Gervais, se mirent à ranger les victuailles dans de grands paniers tandis que Marotte, son épouse, activait les servantes à ramasser la vaisselle et les grandes pièces de tissu qu'on avait étendues sur l'herbe.

Le clan des Rohan Montauban était rassemblé au grand complet, François et Nolwenn accueillant avec joie ceux qui venaient profiter sur leurs terres auvergnates des bonheurs simples de la campagne, loin de la chaleur étouffante de la capitale.

Au bord du ruisseau longeant le domaine, pieds dans l'eau fraîche, Charlotte conversait avec la cousine de Thomas qui buvait le récit de ses aventures au service de la célèbre marquise de Montespan. Aubépine d'Arcourt était devenue une amie dès leur première rencontre et Charlotte, surprenant les regards énamourés de son jumeau Philippe en direction de la jeune fille, se félicitait à l'idée qu'un lien plus fort puisse les lier à l'avenir. Thomas avait également remarqué l'intérêt manifeste de son camarade envers Aubépine et il lui en fit à mi-voix la réflexion, entraînant l'agacement de l'amoureux transi, vite balayé par un doux sourire de la demoiselle.

Thomas vit Nolwenn leur faire signe : il était temps de partir, il aida donc Charlotte à se relever, attentif à ce que son épaule blessée encore douloureuse ne soit pas sollicitée. Depuis qu'il avait failli perdre sa fiancée pour la seconde fois, le gentilhomme redoublait de prévenance et comptait les jours avant la célébration de leur mariage prévu au printemps. Sa famille avait accepté cette alliance désormais flatteuse du fait de la nouvelle place de Charlotte à la cour. La mère de Thomas n'avait rien trouvé à y redire, d'autant que René, parti aux Amériques sans son accord, l'avait déçue, l'enjoignant à manifester plus d'attachement à son puîné.

À la lisière du bois, Louise tentait elle aussi de prévenir les plus jeunes qu'il était l'heure de rentrer mais elle se heurtait à la mauvaise volonté évidente de Constance, peu soucieuse des appels de sa mère, trop occupée à courir vers l'arbre où Laurent s'était juché pour admirer le coucher de soleil. Le garçon éprouvait bien du mal à résister aux exigences de la petite et, lorsqu'il la vit arriver tout essoufflée de sa course, l'aida à grimper à ses côtés. Il n'entendit pas au loin la voix de Louise, couverte par le chant des oiseaux, qui hésitait à avancer sur le sol boueux.

Arnaud de Saldagne aperçut les vains efforts de son épouse pour ramener les diablotins et décida d'abandonner la compagnie de Malo et de François afin de lui prêter main-forte. Son beau-frère s'esclaffa en le regardant s'éloigner.

— Constance est une sacrée polissonne... Cela fait plaisir de la voir en pleine santé galoper partout sur les talons de Laurent. Ton fils paraît heureux parmi nous.

Malo sourit ; lui aussi se réjouissait de voir l'enfant bien intégré dans le cercle familial depuis qu'on l'avait découvert un matin, baluchon sous le bras, posté devant les grilles de l'hôtel Bessières, mettant Louise dans l'obligation de révéler le rôle joué auprès de Lénora. Malo s'était immédiatement rendu à l'adresse de la pension qu'elle lui avait indiquée mais comme il le craignait la gitane s'était volatilisée. Dans le sac de l'enfant une lettre expliquait son désir de retourner en Italie à la recherche de sa famille et son choix de lui confier leur fils afin qu'il lui donne la stabilité qu'elle ne pouvait lui offrir et qu'il en fasse un homme. Malo avait donc pris Laurent en charge, l'un et l'autre un peu désemparés, et il avait préféré accompagner les Saldagne durant leur séjour estival à Mont Menat afin de l'apprivoiser et de faire sa connaissance, dans une ambiance conviviale propice aux rapprochements. Constance avait immédiatement adopté son nouveau cousin et, grâce à la gentillesse dont l'entourait le clan, Laurent y avait trouvé sa place et commençait à nouer une relation d'affection avec son père.

— Oui, c'était une bonne idée de passer ce mois d'août avec vous.

— Tu repars bientôt ?

— Après-demain... mais je laisse Laurent profiter encore un peu des vacances, il rentrera avec Constance.

— De nombreuses enquêtes t'attendent au Châtelet je suppose.

Malo hocha la tête. Il était bien difficile de se figurer les crimes et crapuleries en tout genre pullulant dans les arcanes de la capitale lorsque l'on goûtait le calme de Mont Menat.

— Je voulais de nouveau te remercier d'avoir sauvé la vie de Charlotte, reprit François. Jamais je n'aurais soupçonné Coysevox capable d'un tel comportement… Heureusement qu'il est mort, combien d'autres victimes aurait-il fait ?

— Je crois qu'il en était une également… Quand je repense à quel point il était effondré lorsque je l'ai interrogé après la disparition de Farnese. J'étais tellement obnubilé par la culpabilité de Salvator que j'ai accepté ses vagues explications en mettant leur incohérence sur le compte du choc… Après le décès du musicien et la découverte qu'il n'était pas droitier je savais que nous devions poursuivre nos investigations mais on m'a refusé un complément d'enquête et, accaparé par de nouveaux dossiers, j'ai obéi. J'aurais dû suivre mon intuition…

— L'essentiel est que tu l'aies empêché de commettre de nouvelles atrocités. Cet enragé a failli tuer Charlotte… Je ne peux concevoir de la perdre à nouveau. C'est pour cela que j'ai accepté son mariage avec Thomas dans l'espoir qu'ils reviennent s'installer plus tard à Mont Menat pour y élever leurs futurs enfants… Ah ce Coysevox ! Comment aurait-on pu se douter du machiavélisme de ce Janus ?

— Sa folie le dominait bien malgré lui…

— En tout cas tu as eu raison d'étouffer l'affaire, cela aurait entraîné un énorme scandale : La Reynie aurait été révoqué et notre famille en aurait payé le prix. Si le roi savait à quel point la vie de la marquise de Montespan n'a tenu qu'à un fil je n'ose imaginer sa réaction... Tu sais qu'elle s'est complètement entichée de Charlotte à présent, c'est à peine si elle a accepté de s'en séparer pour quelques jours... Enfin, grâce à ta présence d'esprit nous avons évité le pire.

— Prétexter que Coysevox était complice du monte-en-l'air traqué par nos services et qu'il a tenté de s'enfuir en prenant Charlotte comme otage, puis qu'épouvanté par la conséquence de son geste il a préféré se suicider plutôt que d'être arrêté nous a tous protégés de la colère du roi et de sa favorite. Il est des vérités qu'il vaut mieux taire...

Les deux hommes restèrent un instant songeurs à contempler le crépuscule avant de rejoindre la joyeuse troupe sur le chemin du retour.

Comment imaginer dans la quiétude de cette fin de journée d'été qu'on préparait la guerre à Versailles... Ce Versailles qu'un Roi-Soleil tout-puissant allait ériger en résidence principale, transformant le château en cage dorée destinée à piéger la noblesse de France et à l'asservir par un cérémonial entièrement dédié à sa gloire, repaire coupé du monde d'où Louis XIV dirigera le royaume d'une main de fer fidèle à son adage : *Nec pluribus impar* [1].

---

1. Traduction communément admise : Supérieur à tous.

Pour l'éditeur, le principe est d'utiliser des papiers composés de fibres naturelles, renouvelables, recyclables et fabriquées à partir de bois issus de forêts qui adoptent un système d'aménagement durable.

En outre, l'éditeur attend de ses fournisseurs de papier qu'ils s'inscrivent dans une démarche de certification environnementale reconnue.

Composition réalisée par FACOMPO (Lisieux)

Achevé d'imprimer en janvier 2012, en France sur Presse Offset par
Maury-Imprimeur - 45330 Malesherbes
N° d'imprimeur : 169759
Dépôt légal : janvier 2012 - Édition 01